新典社選書 125

一冊で読む晶子源氏

伊勢光・加藤孝男 編著

新典社

与謝野晶子肖像（日本近代文学館蔵）

光源氏の物語（「桐壺」巻～「幻」巻）

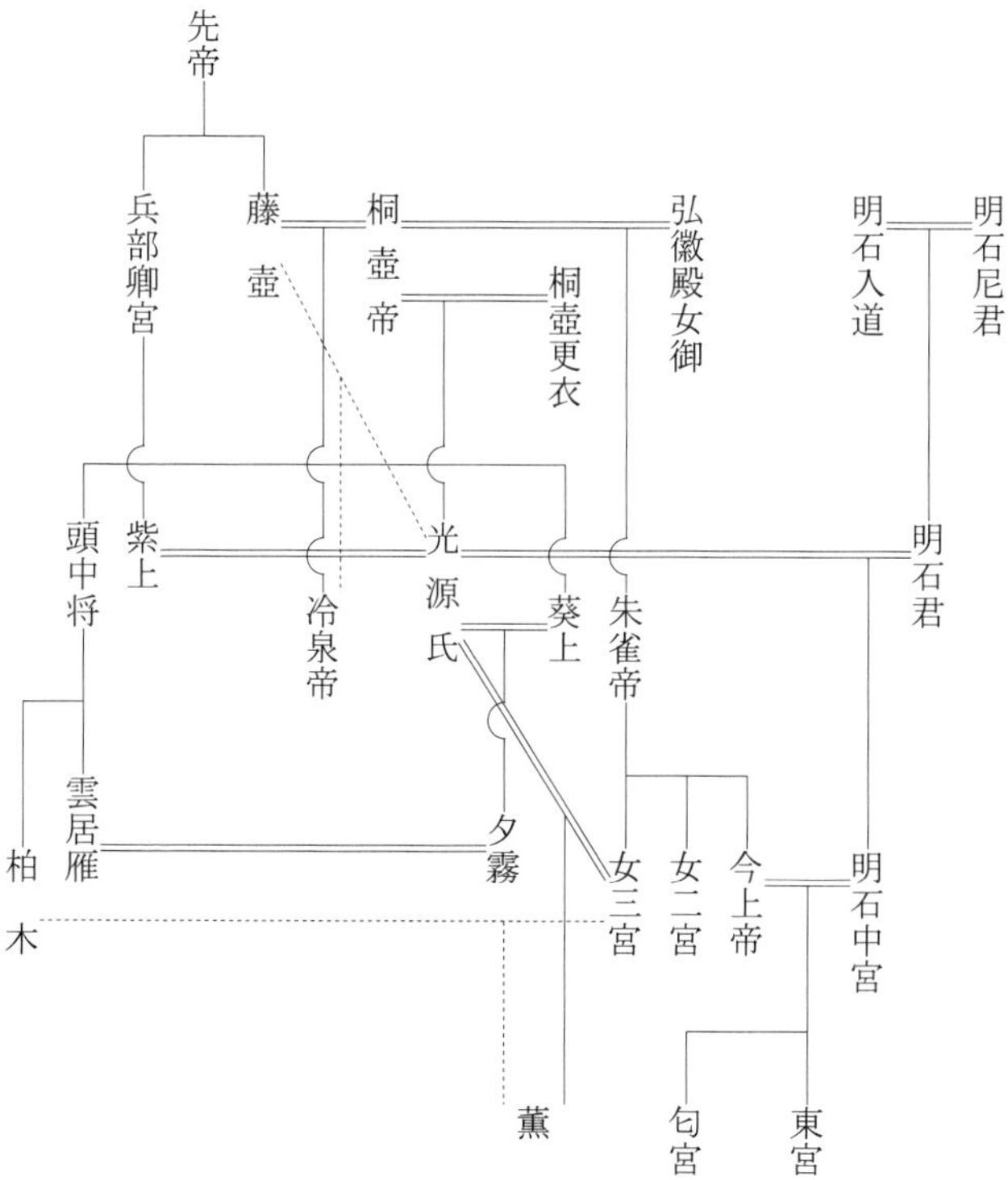

光源氏の子孫の物語（「匂宮」巻～「夢の浮橋」巻）

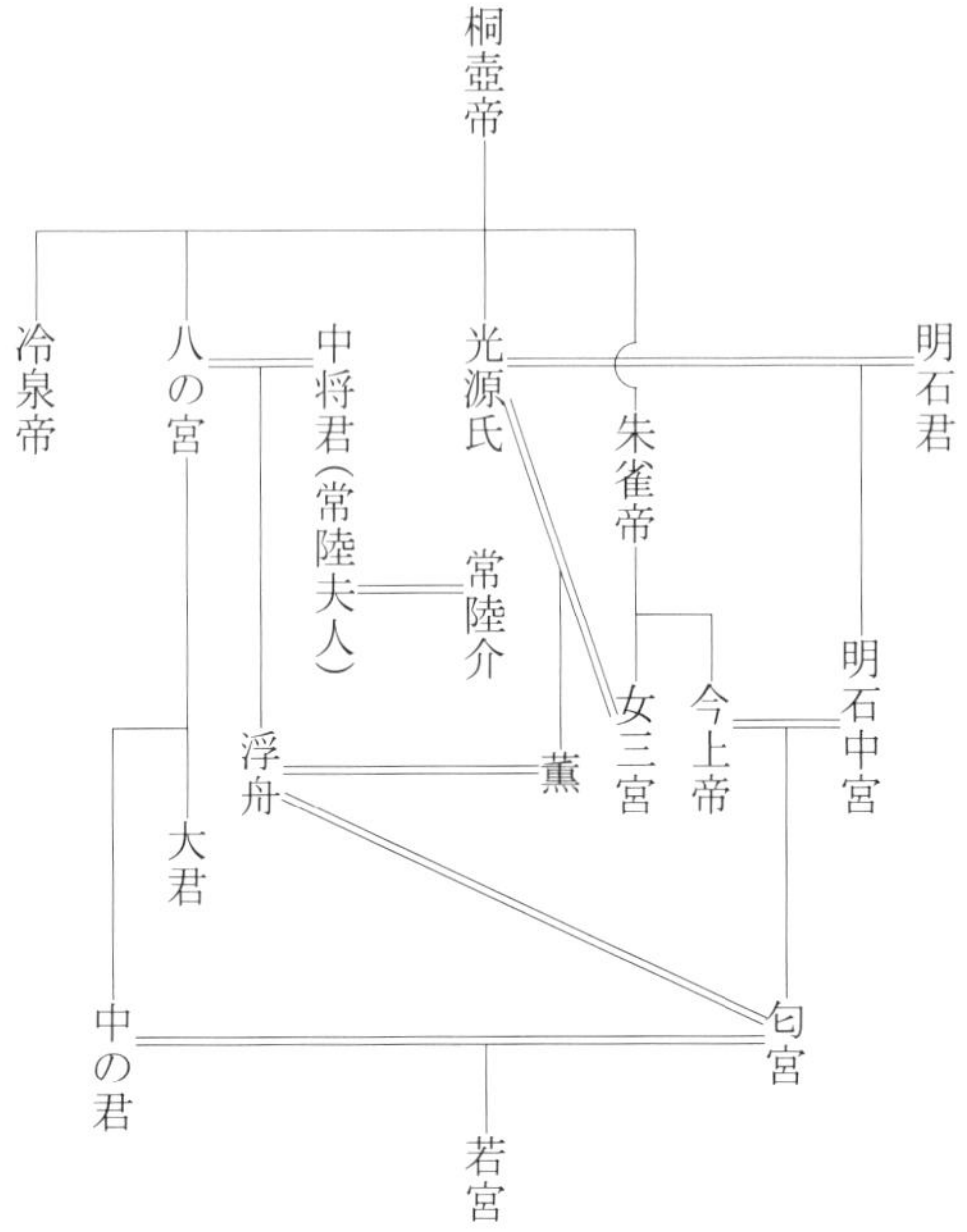

目　次

光源氏の物語

光源氏の子孫の物語

凡　例

1、底本に用いたのは与謝野晶子『新装版　全訳源氏物語』（角川文庫　二〇〇八）である。
2、この晶子源氏を一冊にするにあたり、読みやすいように「一」「二」と章をつくり分割し、省略した部分は解説をくわえた。
3、注は本文のなかに［　］でくわえた。
4、和歌は二文字落としで引用したが、原文とおなじく解説を省略した。
5、ルビは原文のままにした。
6、晶子源氏には今日的観点から差別的とみられる表現もあるが、執筆時の時代的背景に鑑みて原文のままとした。

光源氏の物語

光源氏の生い立ち（桐壺）

桐壺更衣と呼ばれる女性が、後宮で天皇に特別に愛されていた。身分も低く、後ろ盾のない更衣は、権力者の娘である弘徽殿女御らからいじめを受ける日々である。右大臣家の後ろ盾をもつ弘徽殿女御は、すでに天皇との間に、第一皇子をもうけていた。

一

どの天皇様の御代《みよ》であったか、女御《にょご》とか更衣《こうい》とかいわれる後宮《こうきゅう》がおおぜいいた中に、最上の貴族出身ではないが深い御愛寵《あいちょう》を得ている人があった。最初から自分こそはという自信と、親兄弟の勢力に恃《たの》む所があって宮中にはいった女御たちからは失敬な女としてねたまれた。その人と同等、もしくはそれより地位の低い更衣たちはまして嫉妬《しっと》の焔《ほのお》を燃やさないわけもなかった。夜の御殿《おとど》の宿直所《とのいどころ》から退《さが》る朝、続いてその人ばかりが召される夜、目に見耳に聞いて口惜《くちお》しがらせた恨みのせいもあったかからだが弱くなって、心細くなった更衣は多く実家へ下がっていがちということになると、いよいよ帝《みかど》はこの人にばかり心をお引かれになるという御様子で、人が何と批評をしようともそれに御遠慮などというものがおできにならない。御聖徳を伝える歴史の上にも暗い影の一所残るようなことにもなりかねない状態になった。高官たちも殿上役人たちも困って、御覚醒《かくせい》になるのを期しながら、当分は見ぬ顔をしていたいという態度をとるほどの御寵愛《ちょうあい》ぶりであった。唐の国でもこの種類の寵姫《ちょうき》、楊家《ようか》の女《じょ》〔楊貴妃〕の出現によって乱が醸《かも》されたなどと蔭《かげ》ではいわれる。今やこの女性が一天下の煩《わざわ》いだとされるに至った。馬嵬《ばかい》の駅〔楊貴妃が玄宗から死を賜ったこと〕がいつ再現されるかもしれぬ。その人にとっては堪えがたいような苦しい雰囲気《ふんいき》の中でも、ただ深い御愛情だけをたよりにして暮らしていた。父の大納言《だいなごん》はもう故人であった。母の未亡人が生まれのよい見識のある女で、わが娘を現代に勢力のある派手《はで》な家の娘たちにひけをとらせないよき保護者たりえた。それでも大官の後援者を持たぬ更衣は、何かの場合にいつも心細い思いをするようだった。

二

前生《ぜんしょう》の縁が深かったか、またもないような美しい皇子までがこの人からお生まれになった。寵姫を母とした御子《みこ》を早く御覧になりたい思召《おぼしめ》しから、正規の日数が立つとすぐに更衣母子《おやこ》を宮中へお招きになった。小皇子《しょうおうじ》はいかなる美なるものよりも美しいお顔をしておいでになった。帝の第一皇子は右大臣の娘の女御からお生まれになって、重い外戚《がいせき》が背景になっていて、疑いもない未来の皇太子として世の人は尊敬をささげているが、第二の皇子の美貌《びぼう》にならぶことがおできにならぬため、それは皇家《おうけ》の長子として大事にあそばされ、これは御自身の愛子《あいし》として非常に大事がっておいでになった。更衣は初めから普通の朝廷の女官として奉仕するほどの軽い身分ではなかった。ただお愛しになるあまりに、その人自身は最高の貴女《きじょ》と言ってよいほどのりっぱな女ではあったが、始終おそばへお置きになろうとして、殿上で音楽その他のお催し事をあそばす際には、だれよりもまず先にこの人を常の御殿へお呼びになり、またある時はお引き留めになって更衣が夜の御殿から朝の退出ができずそのまま昼も侍しているようなことになったりして、やや軽いふうにも見られたのが、皇子のお生まれになって以後目に立って重々しくお扱いになったから、東宮にもどうかすればこの皇子をお立てになるかもしれぬと、第一の皇子の御生母の女御は疑いを持っていた。この人は帝の最もお若い時に入内《じゅだい》した最初の女御であった。この女御がする批難と恨み言だけは無関心にしておいでになれなかった。この女御へ済まないという気も十分に持っておいでになった。帝の深い愛を信じながらも、悪く言う者と、何かの欠点を捜し出そうとする者ばかりの宮中に、病身な、そして無力な家を背景としている心細い更衣は、愛されれば愛されるほど苦しみがふえるふうであった。

三

御息所《みやすどころ》――皇子女《おうじじょ》の生母になった更衣はこう呼ばれるのである――はちょっとした病気に

なって、実家へさがろうとしたが帝はお許しにならなかった。どこかからだが悪いということはこの人の常のことになっていたから、帝はそれほどお驚きにならずに、

「もうしばらく御所で養生をしてみてからにするがよい」

と言っておいでになるうちにしだいに悪くなって、そうなってからほんの五、六日のうちに病は重体になった。母の未亡人は泣く泣くお暇を願って帰宅させることにした。こんな場合にはまたどんな呪詛《じゅそ》が行なわれるかもしれない、皇子にまで禍《わざわ》いを及ぼしてはとの心づかいから、皇子だけを宮中にとどめて、目だたぬように御息所だけが退出するのであった。この上留めることは不可能であると帝は思召して、更衣が出かけて行くところを見送ることのできぬ御尊貴の御身の物足りなさを堪えがたく悲しんでおいでになった。

はなやかな顔だちの美人が非常に痩《や》せてしまって、心の中には帝とお別れして行く無限の悲しみがあったが口へは何も出して言うことのできないのがこの人の性質である。あるかないかに弱っているのを御覧になると帝は過去も未来も真暗《まっくら》になった気があそばすのであった。泣く泣くいろいろな頼もしい将来の約束をあそばされても更衣はお返辞もできないのである。目つきもよほどだるそうで、平生からなよなよとした人がいっそう弱々しいふうになって寝ているのであったから、これはどうなることであろうという不安が大御心《おおみこころ》を襲うた。更衣が宮中から輦車《れんしゃ》で出てよい御許可の宣旨《せんじ》を役人へお下しになったりあそばされても、また病室へお帰り

になると今行くということをお許しにならない。

「死の旅にも同時に出るのがわれわれ二人であるとあなたも約束したのだから、私を置いて家《うち》へ行ってしまうことはできないはずだ」

と、帝がお言いになると、そのお心持ちのよくわかる女も、非常に悲しそうにお顔を見て、

「限りとて別るる道の悲しきにいかまほしきは命なりけり

死がそれほど私に迫って来ておりませんのでしたら」

これだけのことを息も絶え絶えに言って、なお帝にお言いしたいことがありそうであるが、まったく気力はなくなってしまった。死ぬのであったらこのまま自分のそばで死なせたいと帝は思召《おぼしめ》したが、今日から始めるはずの祈禱《きとう》も高僧たちが承っていて、それもぜひ今夜から始めねばなりませぬというようなことも申し上げて方々から更衣の退出を促すので、別れがたく思召しながらお帰しになった。

帝はお胸が悲しみでいっぱいになってお眠りになることが困難であった。帰った更衣の家へお出しになる尋ねの使いはすぐ帰って来るはずであるが、それすら返辞を聞くことが待ち遠しいであろうと仰せられた帝であるのに、お使いは、

「夜半過ぎにお卒去《かくれ》になりました」

と言って、故大納言家の人たちの泣き騒いでいるのを見ると力が落ちてそのまま御所へ帰っ

て来た。

四

その時分に高麗人《こまうど》が来朝した中に、上手《じょうず》な人相見の者が混じっていた。帝はそれをお聞きになったが、宮中へお呼びになることは亭子院のお誡《いまし》めがあっておできにならず、だれにも秘密にして皇子のお世話役のようになっている右大弁《うだいべん》の子のように思わせて、皇子を外人の旅宿する鴻臚館《こうろかん》へおやりになった。

相人は不審そうに頭《こうべ》をたびたび傾けた。

「国の親になって最上の位を得る人相であって、さてそれでよいかと拝見すると、そうなることはこの人の幸福な道でない。国家の柱石になって帝王の輔佐をする人として見てもまた違うようです」

と言った。弁も漢学のよくできる官人であったから、筆紙をもってする高麗人との問答にはおもしろいものがあった。詩の贈答もして高麗人はもう日本の旅が終わろうとする期《ご》に臨んで珍しい高貴の相を持つ人に逢《あ》ったことは、今さらにこの国を離れがたくすることであるというような意味の作をした。若宮も送別の意味を詩にお作りになったが、その詩を非常にほめていろいろなその国の贈り物をしたりした。

朝廷からも高麗《こま》の相人へ多くの下賜品があった。その評判から東宮の外戚の右大臣などは第二の皇子と高麗の相人との関係に疑いを持った。好遇された点が腑《ふ》に落ちないのである。聡明《そうめい》な帝は高麗人の言葉以前に皇子の将来を見通して、幸福な道を選ぼうとしておいでになった。それでほとんど同じことを占った相人に価値をお認めになったのである。四品《しほん》以下の無品《むほん》親王などで、心細い皇族としてこの子を置きたくない、自分の代もいつ終わるかしれぬのであるから、将来に最も頼もしい位置をこの子に設けて置いてやらねばならぬ、臣下の列に入れて国家の柱石たらしめることがいちばんよいと、こうお決めになって、以前にもましていろいろの勉強をおさせになった。大きな天才らしい点の現われてくるのを御覧になると人臣にするのが惜しいというお心になるのであったが、親王にすれば天子に変わろうとする野心を持つような疑いを当然受けそうにお思われになった。上手な運命占いをする者にお尋ねになっても同じような答申をするので、元服後は源姓を賜わって源氏の某《なにがし》としようとお決めになった。

五

年月がたっても帝は桐壺の更衣との死別の悲しみをお忘れになることができなかった。慰みになるかと思召して美しい評判のある人などを後宮へ召されることもあったが、結果はこの世界には故更衣の美に準ずるだけの人もないのであるという失望をお味わいになっただけである。

そうしたころ、先帝――帝《みかど》の従兄《いとこ》あるいは叔父君《おじぎみ》――の第四の内親王でお美しいことをだれも言う方で、母君のお后《きさき》が大事にしておいでになる方のことを、帝のおそばに奉仕している典侍《ないしのすけ》は先帝の宮廷にいた人で、后の宮へも親しく出入りしていて、内親王の御幼少時代をも知り、現在でもほのかにお顔を拝見する機会を多く得ていたから、帝へお話しした。

「お亡《かく》れになりました御息所《みやすどころ》〔桐壺更衣〕の御容貌《ようぼう》に似た方を、三代も宮廷におりました私すらまだ見たことがございませんでしたのに、后の宮様の内親王様〔藤壺宮〕だけがあの方に似ていらっしゃいますことにはじめて気がつきました。非常にお美しい方でございます」

もしそんなことがあったらと大御心《おおみこころ》が動いて、先帝の后の宮へ姫宮の御入内《ごじゅだい》のことを懇切にお申し入れになった。お后は、そんな恐ろしいこと、東宮のお母様の女御《にょご》が並みはずれな強い性格で、桐壺の更衣《こうい》が露骨ないじめ方をされた例もあるのに、と思召して話はそのままになっていた。そのうちお后もお崩《かく》れになった。姫宮がお一人で暮らしておいでになるのを帝はお聞きになって、

「女御というよりも自分の娘たちの内親王と同じように思って世話がしたい」

となおも熱心に入内をお勧めになった。こうしておいでになって、母宮のことばかりを思っておいでになるよりは、宮中の御生活にお帰りになったら若いお心の慰みにもなろうと、お付きの女房やお世話係の者が言い、兄君の兵部卿《ひょうぶきょう》親王もその説に御賛成になって、それで先帝

の第四の内親王は当帝〔桐壺帝〕の女御におなりになった。御殿は藤壺《ふじつぼ》である。典侍の話のとおりに、姫宮の容貌も身のおとりなしも不思議なまで、桐壺の更衣に似ておいでになった。この方は御身分に批《ひ》の打ち所がない。すべてごりっぱなものであって、だれも貶《おとし》める言葉を知らなかった。桐壺の更衣は身分と御愛寵とに比例の取れぬところがあった。お傷手《いたで》が新女御の宮で癒《いや》されたともいえないであろうが、自然に昔は昔として忘れられていくようになり、帝にまた楽しい御生活がかえってきた。あれほどのこともやはり永久不変でありえない人間の恋であったのであろう。

六

源氏の君――まだ源姓にはなっておられない皇子であるが、やがてそうおなりになる方であるから筆者はこう書く。――はいつも帝のおそばをお離れしないのであるから、自然どの女御の御殿へも従って行く。帝がことにしばしばおいでになる御殿は藤壺《ふじつぼ》であって、お供して源氏のしばしば行く御殿は藤壺である。宮もお馴《な》れになって隠れてばかりはおいでにならなかった。どの後宮でも容貌の自信がなくて入内した者はないのであるから、皆それぞれの美を備えた人たちであったが、もう皆だいぶ年がいっていた。その中へ若いお美しい藤壺の宮が出現されてその方は非常に恥ずかしがってなるべく顔を見せぬようにとなすっても、自然に源氏の君が見ることになる場合もあった。母の更衣は面影も覚えていないが、よく似ておいでになると典侍が言ったので、子供心に母に似た人として恋しく、いつも藤壺へ行きたくなって、あの方と親しくなりたいという望みが心にあった。帝には二人とも最愛の妃であり、最愛の御子であった。

「彼を愛しておやりなさい。不思議なほどあなたとこの子の母とは似ているのです。失礼だと思わずにかわいがってやってください。この子の目つき顔つきがまたよく母に似ていますから、この子とあなたとを母と子と見てもよい気がします」

など帝がおとりなしになると、子供心にも花や紅葉《もみじ》の美しい枝は、まずこの宮へ差し上げたい、自分の好意を受けていただきたいというこんな態度をとるようになった。現在の弘徽殿の女御の嫉妬《しっと》の対象は藤壺の宮であったからそちらへ好意を寄せる源氏に、一時忘れられていた旧怨《きゅうえん》も再燃して憎しみを持つことになった。女御が自慢にし、ほめられてもおいでになる幼内親王方の美を遠くこえた源氏の美貌《びぼう》を世間の人は言い現わすために光《ひかる》の君《きみ》と言った。女御として藤壺の宮の御寵愛《ちょうあい》が並びないものであったから対句のように作って、輝く日の宮と一方を申していた。

はかなげな女との恋（夕顔）

源氏が十二歳の元服の折に、加冠役となった左大臣は、娘（葵上）を源氏と結婚させることに決めた。左大臣の妻、大宮は帝（天皇）の同腹の妹である。しかし、源氏はこの年長の妻にうちとけず、外に愛人をつくっていくのである。「夕顔」の巻は、源氏が六条にある貴婦人のもとへ忍び通っていたときのことである。

一

源氏が六条に恋人を持っていたころ、御所からそこへ通う途中で、だいぶ重い病気をし尼になった大弐《だいに》の乳母《めのと》を訪《たず》ねようとして、五条辺のその家へ来た。乗ったままで車を入れる大門がしめてあったので、従者に呼び出させた乳母の息子《むすこ》の惟光《これみつ》の来るまで、源氏はりっぱでないその辺の町を車からながめていた。惟光の家の隣に、新しい檜垣《ひがき》を外囲いにして、建物の前のほうは上げ格子《こうし》を四、五間ずっと上げ渡した高窓式になっていて、新しく白い簾《すだれ》を掛け、そこからは若いきれいな感じのする額を並べて、何人かの女が外をのぞいている家があった。高い窓に顔が当たっているその人たちは非常に背の高いもののように思われてならない。どんな身分の者の集まっている所だろう。風変わりな家だと源氏には思われた。今日は車も簡素なのにして目だたせない用意がしてあって、前駆の者にも人払いの声を立てさせなかったから、源氏は自分のだれであるかに町の人も気はつくまいという気楽な心持ちで、その家を少しのぞこうとした。門の戸も蔀風《しとみふう》になっていて上げられてある下から家の全部が見えるほどの簡単なものである。哀れに思ったが、ただ仮の世の相であるから宮も藁屋《わらや》も同じことという歌が思われて、われわれの住居《すまい》だって一所《いっしょ》だとも思えた。端隠しのような物に青々とした蔓草《つるくさ》が勢いよくかかっていて、それの白い花だけがその辺で見る何よりもうれしそうな顔で笑っていた。そこに白く咲いているのは何の花かという歌を口ずさんでいると、中将の源氏につけられた近《この》衛《え》の随身《ずいしん》が車の前に膝《ひざ》をかがめて言った。

「あの白い花を夕顔と申します。人間のような名でございまして、こうした卑しい家の垣根《かきね》に咲くものでございます」

その言葉どおりで、貧しげな小家がちのこの通りのあちら、こちら、あるものは倒れそうになった家の軒などにもこの花が咲いていた。

「気の毒な運命の花だね。一枝折ってこい」

と源氏が言うと、蔀風《しとみふう》の門のある中へはいって随身は花を折った。ちょっとしゃれた作りになっている横戸の口に、黄色の生絹《すずし》の袴《はかま》を長めにはいた愛らしい童女が出て来て随身を招いて、白い扇を色のつくほど薫物《たきもの》で燻《くゆ》らしたのを渡した。

「これへ載せておあげなさいまし。手で提《さ》げては不恰好《ぶかっこう》な花ですもの」

随身は、夕顔の花をちょうどこの時門をあけさせて出て来た惟光の手から源氏へ渡してもらった。

「鍵《かぎ》の置き所がわかりませんでして、たいへん失礼をいたしました。よいも悪いも見分けられない人の住む界わいではございましても、見苦しい通りにお待たせいたしまして」

と惟光は恐縮していた。

二

八月の十五夜であった。明るい月光が板屋根の隙間《すきま》だらけの家の中へさし込んで、狭い家の中の物が源氏の目に珍しく見えた。もう夜明けに近い時刻なのであろう。近所の家々で貧しい男たちが目をさまして高声で話すのが聞こえた。

「ああ寒い。今年《ことし》こそもう商売のうまくいく自信が持てなくなった。地方廻りもできそうでないんだから心細いものだ。北隣さん、まあお聞きなさい」

などと言っているのである。哀れなその日その日の仕事のために起き出して、そろそろ労働を始める音なども近い所でするのを女は恥ずかしがっていた。気どった女であれば死ぬほどきまりの悪さを感じる場所に違いない。でも夕顔はおおようにしていた。人の恨めしさも、自分の悲しさも、体面の保たれぬきまり悪さも、できるだけ思ったとは見せまいとするふうで、自分自身は貴族の子らしく、娘らしくて、ひどい近所の会話の内容もわからぬようであるのが、恥じ入られたりするよりも感じがよかった。ごほごほと雷以上の恐《こわ》い音をさせる唐臼《からうす》なども、すぐ寝床のそばで鳴るように聞こえた。源氏もやかましいとこれは思った。けれどもこの貴公子も何から起こる音とは知らないのである。大きなたまらぬ音響のする何かだと思っていた。そのほかにもまだ多くの騒がしい雑音が聞こえた。白い麻布を打つ砧《きぬた》のかすかな音もあちこちにした。空を行く雁《かり》の声もした。秋の悲哀がしみじみと感じられる。庭に近い室であったから、横の引き戸を開けて二人で外をながめるのであった。小さい庭にしゃれた姿の竹が立っていて、草の上の露はこんなところのも二条の院の前栽《せんざい》のに変わらずきらきらと光っている。虫もたくさん鳴いていた。壁の中で鳴くといわれて人間の居場所に最も近く鳴くものになっている蟋蟀《こおろぎ》でさえも源氏は遠くの声だけしか聞いていなかったが、ここではどの虫も耳のそばへとまって鳴くような風変わりな情趣だと源氏が思うのも、夕顔を深く愛する心が何事も悪くは思わせないのであろう。白い袷《あわせ》に柔らかい淡紫《うすむらさき》を重ねたはなやかな姿ではない、ほっそりとした人で、どこかきわだって非常によいというところはないが繊細な感じのする美人で、ものを言う様子に弱々しい可憐《かれん》さが十分にあった。才気らしいものを少しこの人に添えたらと源氏

は批評的に見ながらも、もっと深くこの人を知りたい気がして、

「さあ出かけましょう。この近くのある家へ行って、気楽に明日《あす》まで話しましょう。こんなふうでいつも暗い間に別れていかなければならないのは苦しいから」

と言うと、

「どうしてそんなに急なことをお言い出しになりますの」

おおように夕顔は言っていた。変わらぬ恋を死後の世界にまで続けようと源氏の誓うのを見ると何の疑念もはさまずに信じてよろこぶ様子などのうぶさは、一度結婚した経験のある女とは思えないほど可憐であった。源氏はもうだれの思わくもはばかる気がなくなって、右近《うこん》［夕顔の侍女］に随身を呼ばせて、車を庭へ入れることを命じた。夕顔の女房たちも、この通う男が女主人を深く愛していることを知っていたから、だれともわからずにいながら相当に信頼していた。

ずっと明け方近くなってきた。この家に鶏《とり》の声は聞こえないで、現世利益《りやく》の御岳教《みたけきょう》の信心なのか、老人らしい声で、起《た》ったりすわったりして、とても忙しく苦しそうにして祈る声が聞かれた。

月夜に出れば月に誘惑されて行って帰らないことがあるということを思って出かけるのを躊躇《ちゅうちょ》する夕顔に、源氏はいろいろに言って同行を勧めているうちに月もはいってしまって東

の空の白む秋のしののめが始まってきた。

　人目を引かぬ間にと思って源氏は出かけるのを急いだ。女のからだを源氏が軽々と抱いて車に乗せ右近が同乗したのであった。五条に近い帝室の後院である某院へ着いた。呼び出した院の預かり役の出て来るまで留めてある車から、忍ぶ草の生《お》い茂った門の廂《ひさし》が見上げられた。たくさんにある大木が暗さを作っているのである。霧も深く降っていて空気の湿《しめ》っぽいのに車の簾《すだれ》を上げさせてあったから源氏の袖《そで》もそのうちべったりと濡《ぬ》れてしまった。

「私にははじめての経験だが妙に不安なものだ。

　いにしへもかくやは人の惑ひけんわがまだしらぬしののめの道
前にこんなことがありましたか」

と聞かれて女は恥ずかしそうだった。

「山の端《は》の心も知らず行く月は上《うは》の空にて影や消えなん
心細うございます、私は」

凄《す》ごさに女がおびえてもいるように見えるのを、源氏はあの小さい家におおぜい住んでいた人なのだから道理であると思っておかしかった。

三

門内へ車を入れさせて、西の対《たい》に仕度《したく》をさせている間、高欄に車の柄を引っかけて源氏らは庭にいた。右近は艶《えん》な情趣を味わいながら女主人の過去の恋愛時代のある場面なども思い出されるのであった。預かり役がみずから出てする客人の扱いが丁寧きわまるものであることから、右近にはこの風流男の何者であるかがわかった。物の形がほのぼの見えるころに家へはいった。にわかな仕度ではあったが体裁よく座敷がこしらえてあった。

「だれというほどの人がお供しておらないなどとは、どうもいやはや」

などといって預かり役は始終出入りする源氏の下家司《しもけいし》でもあったから、座敷の近くへ来て右近に、

「御家司をどなたかお呼び寄せしたものでございましょうか」

と取り次がせた。

「わざわざだれにもわからない場所にここを選んだのだから、おまえ以外の者にはすべて秘密にしておいてくれ」

と源氏は口留めをした。さっそくに調えられた粥《かゆ》などが出た。給仕も食器も間に合わせを忍ぶよりほかはない。こんな経験を持たぬ源氏は、一切を切り放して気にかけぬこととして、恋

人とはばからず語り合う愉楽に酔おうとした。

　源氏は昼ごろに起きて格子を自身で上げた。非常に荒れていて、人影などは見えずにはるばると遠くまでが見渡される。向こうのほうの木立ちは気味悪く古い大木に皆なっていた。近い植え込みの草や灌木《かんぼく》などには美しい姿もない。秋の荒野の景色《けしき》になっている。池も水草でうずめられた凄《すご》いものである。別れた棟《むね》のほうに部屋《へや》などを持って預かり役は住むらしいが、そこところとはよほど離れている。

「気味悪い家になっている。でも鬼なんかだって私だけはどうともしなかろう」

と源氏は言った。打ち解けた瞬間から源氏の美はあたりに放散した。古くさく荒れた家との対照はまして魅惑的だった。

「いつまでも真実のことを打ちあけてくれないのが恨めしくって、私もだれであるかを隠し通したのだが、負けた。もういいでしょう、名を言ってください、人間離れがあまりしすぎます」

と源氏が言っても、

「家も何もない女ですもの」

と言ってそこまではまだ打ち解けぬ様子も美しく感ぜられた。

「しかたがない。私が悪いのだから」

と怨《うら》んでみたり、永久の恋の誓いをし合ったりして時を送った。

惟光《これみつ》が源氏の居所を突きとめてきて、用意してきた菓子などを座敷へ持たせてよこした。これまで白《しら》ばくれていた態度を右近《うこん》に恨まれるのがつらくて、近い所へは顔を見せない。惟光は源氏が人騒がせに居所を不明にして、一日を犠牲にするまで熱心になりうる相手の女は、それに価する者であるらしいと想像をして、当然自己のものになしうるはずの人を主君にゆずった自分は広量なものだと嫉妬《しっと》に似た心で自嘲《じちょう》もし、羨望《せんぼう》もしていた。

静かな静かな夕方の空をながめていて、奥のほうは暗くて気味が悪いと夕顔が思うふうなので、縁の簾《すだれ》を上げて夕映《ゆうばえ》の雲をいっしょに見て、女も源氏とただ二人で暮らしえた一日に、まだまったく落ち着かぬ恋の境地とはいえ、過去に知らない満足が得られたらしく、少しずつ打ち解けた様子が可憐《かれん》であった。じっと源氏のそばへ寄って、この場所がこわくてならぬふうであるのがいかにも若々しい。格子《こうし》を早くおろして灯《ひ》をつけさせてからも、

「私のほうにはもう何も秘密が残っていないのに、あなたはまだそうでないのだからいけない」

などと源氏は恨みを言っていた。陛下はきっと今日も自分をお召しになったに違いないが、捜す人たちはどう見当をつけてどこへ行っているだろう、などと想像をしながらも、これほどまでにこの女を溺愛《できあい》している自分を源氏は不思議に思った。六条の貴女《きじょ》もどんなに煩悶《はんもん》をしているることだろう、恨まれるのは苦しいが恨むのは道理であると、恋人のことはこんな時にもまず気にかかった。無邪気に男を信じていっしょにいる女に愛を感じるとともに、あまりにまで

高い自尊心にみずから煩《わずら》わされている六条の貴女が思われて、少しその点を取り捨てたならと、眼前の人に比べて源氏は思うのであった。

四

十時過ぎに少し寝入った源氏は枕《まくら》の所に美しい女がすわっているのを見た。

「私がどんなにあなたを愛しているかしれないのに、私を愛さないで、こんな平凡な人をつれていらっしって愛撫《あいぶ》なさるのはあまりにひどい。恨めしい方」

と言って横にいる女に手をかけて起こそうとする。こんな光景を見た。苦しい襲われた気持ちになって、すぐ起きると、その時に灯《ひ》が消えた。不気味なので、太刀《たち》を引き抜いて枕もとに置いて、それから右近を起こした。右近も恐ろしくてならぬというふうで近くへ出て来た。

「渡殿《わたどの》にいる宿直《とのい》の人を起こして、蝋燭《ろうそく》をつけて来るように言うがいい」

「どうしてそんな所へまで参れるものでございますか、暗《くろ》うて」

「子供らしいじゃないか」

笑って源氏が手をたたくとそれが反響になった。限りない気味悪さである。しかもその音を聞きつけて来る者はだれもない。夕顔は非常にこわがってふるえていて、どうすればいいだろうと思うふうである。汗をずっぷりとかいて、意識のありなしも疑わしい。

「非常に物恐れをなさいます御性質ですから、どんなお気持ちがなさるのでございましょうか」

と右近も言った。弱々しい人で今日の昼間も部屋《へや》の中を見まわすことができずに空をばかりながめていたのであるからと思うと、源氏はかわいそうでならなかった。

「私が行って人を起こそう。手をたたくと山彦《やまびこ》がしてうるさくてならない。しばらくの間ここへ寄っていてくれ」

と言って、右近を寝床のほうへ引き寄せておいて、両側の妻戸の口へ出て、戸を押しあけたのと同時に渡殿についていた灯も消えた。風が少し吹いている。こんな夜に侍者は少なくて、しかもありたけの人は寝てしまっていた。院の預かり役の息子《むすこ》で、平生源氏が手もとで使っていた若い男、それから侍童が一人、例の随身、それだけが宿直《とのい》をしていたのである。源氏が呼ぶと返辞をして起きて来た。

「蝋燭《ろうそく》をつけて参れ。随身に弓の絃打《つるう》ちをして絶えず声を出して魔性に備えるように命じてくれ。こんな寂しい所で安心をして寝ていていいわけはない。先刻惟光《せんこくこれみつ》が来たと言っていたが、どうしたか」

「参っておりましたが、御用事もないから、夜明けにお迎えに参ると申して帰りましてございます」

こう源氏と問答をしたのは、御所の滝口に勤めている男であったから、専門家的に弓絃《ゆづる》を鳴

らして、

「火危《あぶな》し、火危し」

と言いながら、父である預かり役の住居《すまい》のほうへ行った。源氏はこの時刻の御所を思った。殿上《てんじょう》の宿直役人が姓名を奏上する名対面はもう終わっているだろう、滝口の武士の宿直の奏上があるころであると、こんなことを思ったところをみると、まだそう深更でなかったに違いない。寝室へ帰って、暗がりの中を手で探ると夕顔はもとのままの姿で寝ていて、右近がそのそばでうつ伏せになっていた。

「どうしたのだ。気違いじみたこわがりようだ。こんな荒れた家などというものは、狐《きつね》などが人をおどしてこわがらせるのだよ。私がおればそんなものにおどかされはしないよ」

と言って、源氏は右近を引き起こした。

「とても気持ちが悪うございますので下を向いておりました。奥様はどんなお気持ちでいらっしゃいますことでしょう」

「そうだ、なぜこんなにばかりして」

と言って、手で探ると夕顔は息もしていない。動かしてみてもなよなよとして気を失っているふうであったから、若々しい弱い人であったから、何かの物怪《もののけ》にこうされているのであろうと思うと、源氏は歎息《たんそく》されるばかりであった。蝋燭《ろうそく》の明りが来た。右近には立って行くだけの

力がありそうもないので、閨《ねや》に近い几帳《きちょう》を引き寄せてから、

「もっとこちらへ持って来い」

と源氏は言った。主君の寝室の中へはいるというまったくそんな不謹慎な行動をしたことがない滝口は座敷の上段になった所へもよう来ない。

「もっと近くへ持って来ないか。どんなことも場所によることだ」

灯《ひ》を近くへ取って見ると、この閨の枕の近くに源氏が夢で見たとおりの容貌《ようぼう》をした女が見えて、そしてすっと消えてしまった。昔の小説などにはこんなことも書いてあるが、実際にあるとはと思うと源氏は恐ろしくてならないが、恋人はどうなったかという不安が先に立って、自身がどうされるだろうかという恐れはそれほどなくて横へ寝て、

「ちょいと」

と言って不気味な眠りからさまさせようとするが、夕顔のからだは冷えはてていて、息はまったく絶えているのである。頼りにできる相談相手もない。坊様などはこんな時の力になるものであるがそんな人もむろんここにはいない。右近に対して強がって何かと言った源氏であったが、若いこの人は、恋人の死んだのを見ると分別も何もなくなって、じっと抱いて、

「あなた。生きてください。悲しい目を私に見せないで」

と言っていたが、恋人のからだはますます冷たくて、すでに人ではなく遺骸《いがい》であるという感

じが強くなっていく。右近はもう恐怖心も消えて夕顔の死を知って非常に泣く。紫宸殿《ししんでん》に出て来た鬼は貞信公《ていしんこう》〔藤原忠平。鬼退治の話が『大鏡』に載る〕を威嚇《いかく》したが、その人の威に押されて逃げた例などを思い出して、源氏はしいて強くなろうとした。

「それでもこのまま死んでしまうことはないだろう。夜というものは声を大きく響かせるから、そんなに泣かないで」

と源氏は右近に注意しながらも、恋人との歓会がたちまちにこうなったことを思うと呆然《ぼうぜん》となるばかりであった。滝口を呼んで、

「ここに、急に何かに襲われた人があって、苦しんでいるから、すぐに惟光朝臣《これみつあそん》の泊まっている家に行って、早く来るように言えとだれかに命じてくれ。兄の阿闍梨《あじゃり》〔密教で指導者の資格を持つ僧〕がそこに来ているのだったら、それもいっしょに来るようにと惟光に言わせるのだ。母親の尼さんなどが聞いて気にかけるから、たいそうには言わせないように。あれは私の忍び歩きなどをやかましく言って止める人だ」

こんなふうに順序を立ててものを言いながらも、胸は詰まるようで、恋人を死なせることの悲しさがたまらないものに思われるのといっしょに、あたりの不気味さがひしひしと感ぜられるのであった。もう夜中過ぎになっているらしい。風がさっきより強くなってきて、それに鳴る松の枝の音は、それらの大木に深く囲まれた寂しく古い院であることを思わせ、一風変わっ

た鳥がかれ声で鳴き出すのを、梟《ふくろう》とはこれであろうかと思われた。考えてみるとどこへも遠く離れて人声もしないこんな寂しい所へなぜ自分は泊まりに来たのであろうと、源氏は後悔の念もしきりに起こる。右近は夢中になって夕顔のそばへ寄り、このまま慄《ふる》え死にをするのでないかと思われた。それがまた心配で、源氏は一所懸命に右近をつかまえていた。一人は死に、一人はこうした正体もないふうで、自身一人だけが普通の人間なのであると思うと源氏はたまらない気がした。灯《ひ》はほのかに瞬《また》いて、中央の室との仕切りの所に立てた屛風《びょうぶ》の上とか、室の中の隅々《すみずみ》とか、暗いところの見えるここへ、後ろからひしひしと足音をさせて何かが寄って来る気がしてならない、惟光が早く来てくれればよいとばかり源氏は思った。彼は泊まり歩く家を幾軒も持った男であったから、使いはあちらこちらと尋ねまわっているうちに夜がぼつぼつ明けてきた。この間の長さは千夜にもあたるように源氏には思われたのである。やっとはるかな所で鳴く鶏の声がしてきたのを聞いて、ほっとした源氏は、こんな危険な目にどうして自分はあうのだろう、自分の心ではあるが恋愛についてはもったいない、思うべからざる人を思った報いに、こんな後《あと》にも前《さき》にもない例となるようなみじめな目にあうのであろう、隠してもあった事実はすぐに噂《うわさ》になるであろう、陛下の思召《おぼしめ》しをはじめとして人が何と批評することだろう、世間の嘲笑《ちょうしょう》が自分の上に集まることであろう、とうとうついにこんなことで自分は名誉を傷つけるのだなと源氏は思っていた。

五

　やっと惟光《これみつ》が出て来た。夜中でも暁でも源氏の意のままに従って歩いた男が、今夜に限ってそばにおらず、呼びにやってもすぐの間に合わず、時間のおくれたことを源氏は憎みながらも寝室へ呼んだ。孤独の悲しみを救う手は惟光にだけあることを源氏は知っている。惟光をそばへ呼んだが、自分が今言わねばならぬことがあまりにも悲しいものであることを思うと、急には言葉が出ない。右近は隣家の惟光が来た気配《けはい》に、亡《な》き夫人［夕顔］と源氏との交渉の最初の時から今日までが連続的に思い出されて泣いていた。源氏も今までは自身一人が強い人になって右近を抱きかかえていたのであったが、惟光の来たのにほっとすると同時に、はじめて心の底から大きい悲しみが湧《わ》き上がってきた。非常に泣いたのちに源氏は躊躇《ちゅうちょ》しながら言い出した。

「奇怪なことが起こったのだ。驚くという言葉では現わせないような驚きをさせられた。人のからだにこんな急変があったりする時には、僧家へ物を贈って読経《どきょう》をしてもらうものだそうだから、それをさせよう、願を立てさせようと思って阿闍梨《あじゃり》も来てくれと言ってやったのだが、どうした」

「昨日叡山《きのうえいざん》へ帰りましたのでございます。まあ何ということでございましょう、奇怪なことでございます。前から少しはおからだが悪かったのでございますか」

「そんなこともなかった」

と言って泣く源氏の様子に、惟光も感動させられて、この人までが声を立てて泣き出した。老人はめんどうなものとされているが、こんな場合には、年を取っていて世の中のいろいろな経験を持っている人が頼もしいのである。源氏も右近も惟光も皆若かった。どう処置をしていいのか手が出ないのであったが、やっと惟光が、

「この院の留守役などに真相を知らせることはよくございません。当人だけは信用ができましても、秘密の洩《も》れやすい家族を持っていましょうから。ともかくもここを出ていらっしゃいませ」

と言った。

「でもここ以上に人の少ない場所はほかにないじゃないか」

「それはそうでございます。あの五条の家は女房などが悲しがって大騒ぎをするでしょう、多い小家の近所隣へそんな声が聞こえますとたちまち世間へ知れてしまいます、山寺と申すものはこうした死人などを取り扱い馴《な》れておりましょうから、人目を紛らすのには都合がよいように思われます」

考えるふうだった惟光は、

「昔知っております女房が尼になって住んでいる家が東山にございますから、そこへお移しいたしましょう。私の父の乳母《めのと》をしておりまして、今は老人《としより》になっている者の家でございます。東山ですから人がたくさん行く所のようではございますが、そこだけは閑静です」

と言って、夜と朝の入り替わる時刻の明暗の紛れに車を縁側へ寄せさせた。源氏自身が遺骸《いがい》を車へ載せることは無理らしかったから、茣蓙《ござ》に巻いて惟光《これみつ》が車へ載せた。小柄な人の死骸からは悪感は受けないできわめて美しいものに思われた。残酷に思われるような扱い方を遠慮して、確かにも巻かなんだから、茣蓙の横から髪が少しこぼれていた。それを見た源氏は目がくらむような悲しみを覚えて煙になる最後までも自分がついていたいという気になったのであるが、

「あなた様はさっそく二条の院へお帰りなさいませ。世間の者が起き出しませんうちに」

と惟光は言って、遺骸には右近を添えて乗せた。自身の馬を源氏に提供して、自身は徒歩で、袴《はかま》のくくりを上げたりして出かけたのであった。ずいぶん迷惑な役のようにも思われたが、悲しんでいる源氏を見ては、自分のことなどはどうでもよいという気に惟光はなったのである。

源氏は無我夢中で二条の院へ着いた。女房たちが、

「どちらからのお帰りなんでしょう。御気分がお悪いようですよ」

などと言っているのを知っていたが、そのまま寝室へはいって、そして胸をおさえて考えて

みると自身が今経験していることは非常な悲しいことであるということがわかった。なぜ自分はあの車に乗って行かなかったのだろう、もし蘇生《そせい》することがあったらあの人はどう思うだろう、見捨てて行ってしまったと恨めしく思わないだろうか、こんなことを思うと胸がせき上がってくるようで、頭も痛く、からだには発熱も感ぜられて苦しい。こうして自分も死んでしまうのであろうと思われるのである。

若紫の発見（若紫）

十六歳の源氏は病気となって加持祈禱に効力があるといわれる北山の聖を訪ねた。治療の合間に山里を散策していると、名高い僧都の僧坊に女が住んでいることに気づいた。

一

山の春の日はことに長くてつれづれでもあったから、夕方になって、この山が淡霞《うすがすみ》に包まれてしまった時刻に、午前にながめた小柴垣《こしばがき》の所へまで源氏は行って見た。ほかの従者は寺へ帰して惟光《これみつ》だけを供につれて、その山荘をのぞくとこの垣根のすぐ前になっている西向きの座敷に持仏《じぶつ》を置いてお勤めをする尼がいた。簾《すだれ》を少し上げて、その時に仏前へ花が供えられた。

室の中央の柱に近くすわって、脇息《きょうそく》の上に経巻を置いて、病苦のあるふうでそれを読む尼はただの尼とは見えない。四十ぐらいで、色は非常に白くて上品に痩《や》せてはいるが頬《ほお》のあたりはふっくりとして、目つきの美しいのとともに、短く切り捨ててある髪の裾《すそ》のそろったのが、かえって長い髪よりも艶《えん》なものであるという感じを与えた。きれいな中年の女房が二人いて、そのほかにこの座敷を出たりはいったりして遊んでいる女の子供が幾人かあった。その中に十歳《とお》ぐらいに見えて、白の上に淡黄《うすき》の柔らかい着物を重ねて向こうから走って来た子は、さっきから何人も見た子供とはいっしょに言うことのできない麗質を備えていた。将来はどんな美しい人になるだろうと思われるところがあって、肩の垂《た》れ髪の裾が扇をひろげたようにたくさんでゆらゆらとしていた。顔は泣いたあとのようで、手でこすって赤くなっている。尼さんの横へ来て立つと、

「どうしたの、童女たちのことで憤《おこ》っているの」

こう言って見上げた顔と少し似たところがあるので、この人の子なのであろうと源氏は思った。

「雀《すずめ》の子を犬君《いぬき》が逃がしてしまいましたの、伏籠《ふせご》の中に置いて逃げないようにしてあったのに」

たいへん残念そうである。そばにいた中年の女が、

「またいつもの粗相《そそう》やさんがそんなことをしてお嬢様にしかられるのですね、困った人ですね。雀はどちらのほうへ参りました。だいぶ馴《な》れてきてかわゆうございましたのに、外へ出ては山の鳥に見つかってどんな目にあわされますか」

と言いながら立って行った。髪のゆらゆらと動く後ろ姿も感じのよい女である。少納言《しょうなごん》の乳母《めのと》と他の人が言っているから、この美しい子供の世話役なのであろう。

「あなたはまあいつまでも子供らしくて困った方ね。私の命がもう今日明日《きょうあす》かと思われるのに、それは何とも思わないで、雀のほうが惜しいのだね。雀を籠《かご》に入れておいたりすることは仏様のお喜びにならないことだと私はいつも言っているのに」

と尼君は言って、また、

「ここへ」

と言うと美しい子は下へすわった。顔つきが非常にかわいくて、眉《まゆ》のほのかに伸びたところ、子供らしく自然に髪が横撫《よこな》でになっている額にも髪の性質にも、すぐれた美がひそんでいると見えた。大人《おとな》になった時を想像してすばらしい佳人の姿も源氏の君は目に描いてみた。なぜこんなに自分の目がこの子に引き寄せられるのか、それは恋しい藤壺《ふじつぼ》の宮によく似ているからであると気がついた刹那《せつな》にも、その人への思慕の涙が熱く頰《ほお》を伝わった。尼君は女の子の髪をなでながら、

「梳《す》かせるのもうるさがるけれどよい髪だね。あなたがこんなふうにあまり子供らしいことで私は心配している。あなたの年になればもうこんなふうでない人もあるのに、亡《な》くなったお姫さんは十二でお父様に別れたのだけれど、もうその時には悲しみも何もよくわかる人になっていましたよ。私が死んでしまったあとであなたはどうなるのだろう」

あまりに泣くので隙見《すきみ》をしている源氏までも悲しくなった。子供心にもさすがにじっとしばらく尼君の顔をながめ入って、それからうつむいた。その時に額からこぼれかかった髪がつやつやと美しく見えた。

生《お》ひ立たんありかも知らぬ若草をおくらす露ぞ消えんそらなき

一人の中年の女房が感動したふうで泣きながら、

初草の生ひ行く末も知らぬまにいかでか露の消えんとすらん

と言った。この時に僧都《そうず》［朝廷に仕える高僧］が向こうの座敷のほうから来た。

「この座敷はあまり開《あ》けひろげ過ぎています。今日に限ってこんなに端のほうにおいでになったのですね。山の上の聖人の所へ源氏の中将が瘧病《わらわやみ》のまじないにおいでになったという話を私は今はじめて聞いたのです。ずいぶん微行でいらっしゃったので私は知らないで、同じ山にいながら今まで伺候もしませんでした」

と僧都は言った。

「たいへん、こんな所をだれか御一行の人がのぞいたかもしれない」

尼君のこう言うのが聞こえて御簾《みす》はおろされた。

「世間で評判の源氏の君のお顔を、こんな機会に見せていただいたらどうですか、人間生活と絶縁している私らのような僧でも、あの方のお顔を拝見すると、世の中の歎《なげ》かわしいことなどは皆忘れることができて、長生きのできる気のするほどの美貌《びぼう》ですよ。私はこれからまず手紙で御挨拶《ごあいさつ》をすることにしましょう」

僧都がこの座敷を出て行く気配《けはい》がするので源氏も山上の寺へ帰った。源氏は思った。自分は可憐な人を発見することができた、だから自分といっしょに来ている若い連中は旅というものをしたがるのである、そこで意外な収穫を得るのだ、たまさかに京を出て来ただけでもこんな思いがけないことがあると、それで源氏はうれしかった。それにしても美しい子である、どんな身分の人なのであろう、あの子を手もとに迎えて逢《あ》いがたい人の恋しさが慰められるものならぜひそうしたいと源氏は深く思ったのである。

若紫との結婚（若紫）

源氏は北山でみた女の子を自分の邸宅（二条院）に引き取りたいと思っていた。北山の尼

君が都へもどったときに、源氏は談判に訪れた。尼君は孫（若紫）の将来を心配して、みずからの死後のことを源氏に託すことにした。

尼君が亡くなると、若紫の実父である兵部卿宮は、若紫を自邸に引き取ろうとする。

一

惟光が来たというので、源氏は居間へ呼んで様子を聞こうとした。惟光によって、女王［若紫］が兵部卿《ひょうぶきょう》の宮邸へ移転する前夜であることを源氏は聞いた。源氏は残念な気がした。宮邸へ移ったあとで、そういう幼い人に結婚を申し込むということも物好きに思われることだろう。小さい人を一人盗んで行ったという批難を受けるほうがまだよい。確かに秘密の保ち得られる手段を取って二条の院へつれて来ようと源氏は決心した。

「明日夜明けにあすこへ行ってみよう。ここへ来た車をそのままにして置かせて、随身を一人か二人仕度させておくようにしてくれ」

という命令を受けて惟光は立った。源氏はそののちもいろいろと思い悩んでいた。人の娘を盗み出した噂《うわさ》の立てられる不名誉も、もう少しあの人が大人で思い合った仲であればその犠牲も自分は払ってよいわけであるが、これはそうでもないのである。父宮に取りもどされる時の不体裁も考えてみる必要があると思ったが、その機会をはずすことはどうしても惜しいことであると考えて、翌朝は明け切らぬ間に出かけることにした。

夫人〔葵上〕は昨夜の気持ちのままでまだ打ち解けてはいなかった。

「二条の院にぜひしなければならないことのあったのを私は思い出したから出かけます。用を済ませたらまた来ることにしましょう」

と源氏は不機嫌《ふきげん》な妻に告げて、寝室をそっと出たので、女房たちも知らなかった。自身の部屋になっているほうで直衣《のうし》などは着た。馬に乗せた惟光だけを付き添いにして源氏は大納言家〔若紫が現在引き取られている尼君の邸〕へ来た。門をたたくと何の気なしに下男が門をあけた。車を静かに中へ引き込ませて、源氏の伴った惟光が妻戸をたたいて、しわぶきをすると、少納言〔若紫の侍女〕が聞きつけて出て来た。

「来ていらっしゃるのです」

と言うと、

「女王様はやすんでいらっしゃいます。どちらから、どうしてこんなにお早く」

と少納言が言う。源氏が人の所へ通って行った帰途だと解釈しているのである。

「宮様〔若紫の父〕のほうへいらっしゃるそうですから、その前にちょっと一言お話をしておきたいと思って」

と源氏が言った。

「どんなことでございましょう。まあどんなに確かなお返辞がおできになりますことやら」

少納言は笑っていた。源氏が室内へはいって行こうとするので、この人は当惑したらしい。

「不行儀に女房たちがやすんでおりまして」

「まだ女王さんはお目ざめになっていないのでしょうね。私がお起こししましょう。もう朝霧がいっぱい降る時刻だのに、寝ているというのは」

と言いながら寝室へはいる源氏を少納言は止めることもできなかった。源氏は無心によく眠っていた姫君を抱き上げて目をさまさせた。女王は父宮がお迎えにおいでになったのだと、まだまったくさめない心では思っていた。髪を撫《な》でて直したりして、

「さあ、いらっしゃい。宮様のお使いになって私が来たのですよ」

と言う声を聞いた時に姫君は驚いて、恐ろしく思うふうに見えた。

「いやですね。私だって宮様だって同じ人ですよ。鬼などであるものですか」

源氏の君が姫君をかかえて出て来た。少納言と、惟光《これみつ》と、外の女房とが、

「あ、どうなさいます」

と同時に言った。

「ここへは始終来られないから、気楽な所へお移ししようと言ったのだけれど、それには同意をなさらないで、ほかへお移りになることになったから、そちらへおいでになってはいろいろ

面倒《めんどう》だから、それでなのだ。だれか一人ついておいでなさい」

　こう源氏の言うのを聞いて少納言はあわててしまった。

「今日では非常に困るかと思います。宮様がお迎えにおいでになりました節、何とも申し上げようがないではございませんか。ある時間がたちましてから、ごいっしょにおなりになる御縁があるものでございましたら自然にそうなることでございましょう。まだあまりに御幼少でいらっしゃいますから。ただ今そんなことは皆の者の責任になることでございますから」

　と言うと、

「じゃいい。今すぐについて来られないのなら、人はあとで来るがよい」

　こんなふうに言って源氏は車を前へ寄せさせた。姫君も怪しくなって泣き出した。少納言は止めようがないので、昨夜縫った女王［若紫］の着物を手にさげて、自身も着がえをしてから車に乗った。

二

　二条の院は近かったから、まだ明るくならないうちに着いて、西の対に車を寄せて降りた。源氏は姫君［若紫］を軽そうに抱いて降ろした。

「夢のような気でここまでは参りましたが、私はどうしたら」

　少納言は下車するのを躊躇《ちゅうちょ》した。

「どうでもいいよ。もう女王さんがこちらへ来てしまったのだから、君だけ帰りたければ送らせよう」

　源氏が強かった。しかたなしに少納言も降りてしまった。このにわかの変動に先刻から胸が鳴り続けているのである。宮が自分をどうお責めになるだろうと思うことも苦労の一つであった。それにしても姫君はどうなってしまいになる運命なのであろうと思って、ともかくも母や祖母に早くお別れになるような方は紛れもない不幸な方であることがわかると思うと、涙がとめどなく流れそうであったが、しかもこれが姫君の婚家へお移りになる第一日であると思うと、縁起悪く泣くことは遠慮しなくてはならないと努めていた。

　ここは平生あまり使われない御殿であったから帳台《ちょうだい》なども置かれてなかった。源氏は惟光《これみつ》を呼んで帳台、屏風《びょうぶ》などをその場所場所に据《す》えさせた。これまで上へあげて掛けてあった几《き》帳《ちょう》の垂《た》れ絹はおろせばいいだけであったし、畳の座なども少し置き直すだけで済んだのである。東の対へ夜着類を取りにやって寝た。姫君は恐ろしがって、自分をどうするのだろうと思うと慄《ふる》えが出るのであったが、さすがに声を立てて泣くことはしなかった。

「少納言の所で私は寝るのよ」

　子供らしい声で言う。

「もうあなたは乳母《めのと》などと寝るものではありませんよ」

と源氏が教えると、悲しがって泣き寝をしてしまった。乳母は眠ることもできず、ただむやみに泣かれた。

三

明けてゆく朝の光を見渡すと、建物や室内の装飾はいうまでもなくりっぱで、庭の敷き砂なども玉を重ねたもののように美しかった。少納言は自身が貧弱に思われてきまりが悪かったが、この御殿には女房がいなかった。あまり親しくない客などを迎えるだけの座敷になっていたから、男の侍だけが縁の外で用を聞くだけだった。そうした人たちは新たに源氏が迎え入れた女性のあるのを聞いて、

「だれだろう、よほどお好きな方なんだろう」

などとささやいていた。源氏の洗面の水も、朝の食事もこちらへ運ばれた。遅《おそ》くなってから起きて、源氏は少納言に、

「女房たちがいないでは不自由だろうから、あちらにいた何人かを夕方ごろに迎えにやればいい」

と言って、それから特に小さい者だけが来るようにと東の対《たい》のほうへ童女を呼びにやった。

しばらくして愛らしい姿の子が四人来た。女王は着物にくるまったままでまだ横になっていたのを源氏は無理に起こして、

「私に意地悪をしてはいけませんよ。薄情な男は決してこんなものじゃありませんよ。女は気持ちの柔らかなのがいいのですよ」

もうこんなふうに教え始めた。姫君の顔は少し遠くから見ていた時よりもずっと美しかった。気に入るような話をしたり、おもしろい絵とか遊び事をする道具とかを東の対へ取りにやるとかして、源氏は女王の機嫌《きげん》を直させるのに骨を折った。やっと起きて喪服のやや濃い鼠《ねずみ》の服の着古して柔らかになったのを着た姫君の顔に笑《え》みが浮かぶようになると、源氏の顔にも自然笑みが上った。源氏が東の対へ行ったあとで姫君は寝室を出て、木立ちの美しい築山《つきやま》や池のほうなどを御簾《みす》の中からのぞくと、ちょうど霜枯れ時の庭の植え込みが描《か》いた絵のようによくて、平生見ることの少ない黒の正装をした四位や、赤を着た五位の官人がまじりまじりに出はいりしていた。源氏が言っていたようにほんとうにここはよい家であると女王は思った。屏風にかかれたおもしろい絵などを見てまわって、女王はたよりない今日の心の慰めにしているらしかった。

源氏は二、三日御所へも出ずにこの人をなつけるのに一所懸命だった。手本帳に綴《と》じさせるつもりの字や絵をいろいろに書いて見せたりしていた。皆美しかった。「知らねどもむさし野

と云《い》へばかこたれぬよしやさこそは紫の故《ゆゑ》」という歌の紫の紙に書かれたことによくできた一枚を手に持って姫君はながめていた。また少し小さい字で、

ねは見ねど哀れとぞ思ふ武蔵野《むさしの》の露分けわぶる草のゆかりを

とも書いてある。

「あなたも書いてごらんなさい」

と源氏が言うと、

「まだよくは書けませんの」

見上げながら言う女王の顔が無邪気でかわいかったから、源氏は微笑をして言った。

「まずくても書かないのはよくない。教えてあげますよ」

からだをすぼめるようにして字をかこうとする形も、筆の持ち方の子供らしいのもただかわいくばかり思われるのを、源氏は自分の心ながら不思議に思われた。

「書きそこねたわ」

と言って、恥ずかしがって隠すのをしいて読んでみた。

かこつべき故を知らねばおぼつかないかなる草のゆかりなるらん

子供らしい字ではあるが、将来の上達が予想されるような、ふっくりとしたものだった。死んだ尼君の字にも似ていた。現代の手本を習わせたならもっとよくなるだろうと源氏は思った。

雛《ひな》なども屋根のある家などもたくさんに作らせて、若紫の女王と遊ぶことは源氏の物思いを紛らすのに最もよい方法のようだった。

舞う光源氏（紅葉賀）

桐壺帝は、亡くなった更衣とよく似た藤壺の宮を後宮に入れた。源氏は義理の母でもある藤壺を恋い慕うあまりに、密通へと発展する。密通の最初の場面は『源氏物語』には欠落している。藤壺は懐妊し、後の冷泉帝が生まれる。この「紅葉賀」の巻では、清涼殿の庭で試楽の舞いが行われ、源氏と頭中将が青海波の舞いを披露し、それを藤壺がみている。

一

源氏の中将は青海波を舞ったのである。二人舞の相手は左大臣家の頭中将だった。人よりはすぐれた風采のこの公子も、源氏のそばで見ては桜に隣った深山の木というより言い方がない。夕方前のさっと明るくなった日光のもとで青海波は舞われたのである。地をする音楽もことに冴えて聞こえた。同じ舞ながらも面づかい、足の踏み方などのみごとさに、ほかでも舞う青海波とは全然別な感じであった。舞い手が歌うところなどは、極楽の迦陵頻伽〔極楽にいるという美声の鳥」の声と聞かれた。源氏の舞の巧妙さに帝は御落涙あそばされた。陪席した高官たちも親王方も同様である。歌が終わって袖が下へおろされると、待ち受けたようににぎわしく起こる楽音に舞い手の頰が染まって常よりもまた光る君と見えた。東宮の母君の女御は舞い手の美しさを認識しながらも心が平らかでなかったのである。

「神様があの美貌に見入ってどうかなさらないかと思われるね、気味の悪い」

こんなことを言うのを、若い女房などは情けなく思って聞いた。

藤壺の宮は自分にやましい心がなかったらまして美しく見える舞であろうと見ながらも夢のような気があそばされた。その夜の宿直の女御はこの宮であった。

「今日の試楽は青海波が王だったね。どう思いましたか」

宮はお返辞がしにくくて、

「特別に結構でございました」

とだけ。

「もう一人のほうも悪くないようだった。曲の意味の表現とか、手づかいとかに貴公子の舞はよいところがある。専門家の名人は上手であっても、無邪気な艶な趣をよう見せないよ。こんなに試楽の日に皆見てしまっては朱雀院〔先帝の前の帝の住居〕の紅葉の日の興味がよほど薄くなると思ったが、あなたに見せたかったからね」

など仰せになった。

翌朝源氏は藤壺の宮へ手紙を送った。

どう御覧くださいましたか。苦しい思いに心を乱しながらでした。


　物思ふに立ち舞ふべくもあらぬ身の袖うち振りし心知りきや

失礼をお許しください。

とあった。目にくらむほど美しかった昨日の舞を無視することがおできにならなかったのか、宮はお書きになった。


　から人の袖ふることは遠けれど起ち居につけて哀れとは見き

一観衆として。

たまさかに得た短い返事も、受けた源氏にとっては非常な幸福であった。支那《しな》における青海波の曲の起源なども知って作られた歌であることから、もう十分に后《きさき》らしい見識を備えていられると源氏は微笑して、手紙を仏の経巻のように拡《ひろ》げて見入っていた。

生霊化する女（葵）

源氏の父である桐壺帝も退位され、第一皇子の朱雀帝が即位した。この時、六条の御息所の娘（秋好中宮）が、斎宮として伊勢に下ることになった。御息所は娘とともに伊勢に下ろうかと思案していたのである。源氏との愛人関係にあったが、関係は褪せつつあった。かつては東宮（桐壺帝の弟か）の妃であって、娘を産んだ。しかし、二十歳で宮に死別し、源氏と愛人関係となっていた。

この「葵」の巻では、加茂の新斎院の御禊の行列にくわわる源氏の晴れ姿をみようと出かけた六条の御息所と、源氏の妻葵上とが偶然に出会うことになる。

一

二条の大通りは物見の車と人とで隙《すき》もない。あちこちにできた桟敷《さじき》は、しつらいの趣味のよさを競って、御簾《みす》の下から出された女の袖口《そでぐち》にも特色がそれぞれあった。祭りも祭りであるがこれらは見物する価値を十分に持っている。左大臣家にいる葵夫人はそうした所へ出かけるようなことはあまり好まない上に、生理的に悩ましいころであったから、見物のことを、念頭に置いていなかったが、

「それではつまりません。私たちどうしで見物に出ますのではみじめで張り合いがございません、今日はただ大将様［光源氏］をお見上げすることに興味が集まっておりまして、労働者も遠い地方の人までも、はるばると妻や子をつれて京へ上って来たりしておりますのに奥様がお

出かけにならないのはあまりでございます」

と女房たちの言うのを母君の宮様がお聞きになって、

「今日はちょうどあなたの気分もよくなっていることだから。出ないことは女房たちが物足りなく思うことだし、行っていらっしゃい」

こうお言いになった。それでにわかに供廻《ともまわ》りを作らせて、葵夫人は御禊《みそぎ》の行列の物見車の人となったのである。邸《やしき》を出たのはずっと朝もおそくなってからだった。この一行はそれほどたいそうにも見せないふうで出た。車のこみ合う中へ幾つかの左大臣家の車が続いて出て来たので、どこへ見物の場所を取ろうかと迷うばかりであった。貴族の女の乗用らしい車が多くとまっていて、つまらぬ物の少ない所を選んで、じゃまになる車は皆除《の》けさせた。その中に外見《そとみ》は網代車《あじろぐるま》の少し古くなった物にすぎぬが、御簾の下のとばりの好みもきわめて上品で、ずっと奥のほうへ寄って乗った人々の服装の優美な色も童女の上着の汗衫《かざみ》の端の少しずつ洩《も》れて見える様子にも、わざわざ目立たぬふうにして貴女《きじょ》の来ていることが思われるような車が二台あった。

「このお車はほかのとは違う。除《の》けられてよいようなものじゃない」

と言ってその車の者は手を触れさせない。双方に若い従者があって、祭りの酒に酔って気の立った時にすることははなはだしく手荒いのである。馬に乗った大臣家の老家従などが、

「そんなにするものじゃない」

と止めているが、勢い立った暴力を止めることは不可能である。斎宮《さいぐう》の母君の御息所《みやすどころ》が物思いの慰めになろうかと、これは微行で来ていた物見車であった。素知らぬ顔をしていても左大臣家の者は皆それを心では知っていた。

「それくらいのことでいばらせないぞ、大将さんの引きがあると思うのかい」

などと言うのを、供の中には源氏の召使も混じっているのであるから、抗議をすれば、いっそう面倒《めんどう》になることを恐れて、だれも知らない顔を作っているのである。とうとう前へ大臣家の車を立て並べられて、御息所の車は葵夫人の女房が乗った幾台かの車の奥へ押し込まれて、何も見えないことになった。それを残念に思うよりも、こんな忍び姿の自身のだれであるかを見現わしてののしられていることが口惜《くちお》しくてならなかった。車の轅《ながえ》を据《す》える台なども脚《あし》は皆折られてしまって、ほかの車の胴へ先を引き掛けてようやく中心を保たせてあるのであるから、体裁の悪さもはなはだしい。どうしてこんな所へ出かけて来たのかと御息所は思うのであるが今さらしかたもないのである。見物するのをやめて帰ろうとしたが、他の車を避《よ》けて出て行くことは困難でできそうもない。そのうちに、

「見えて来た」

と言う声がした。行列をいうのである。それを聞くと、さすがに恨めしい人の姿が待たれる

というのも恋する人の弱さではなかろうか。
源氏は御息所の来ていることなどは少しも気がつかないのであるから、振り返ってみるはずもない。気の毒な御息所である。前から評判のあったとおりに、風流を尽くした物見車にたくさんの女の乗り込んでいる中には、素知らぬ顔は作りながらも源氏の好奇心を惹《ひ》くのもあった。微笑《ほほえみ》を見せて行くあたりには恋人たちの車があったことと思われる。左大臣家の車は一目で知れて、ここは源氏もきわめてまじめな顔をして通ったのである。行列の中の源氏の従者がこの一団の車には敬意を表して通った。侮辱されていることをまたこれによっても御息所はいたましいほど感じた。

影をのみみたらし川のつれなさに身のうきほどぞいとど知らるる

こんなことを思って、涙のこぼれるのを、同車する人々に見られることを御息所は恥じながらも、また常よりもいっそうきれいだった源氏の馬上の姿を見なかったならとも思われる心があった。行列に参加した人々は皆分《ぶん》相応に美しい装いで身を飾っている中でも高官は高官らしい光を負っていると見えたが、源氏に比べるとだれも見栄《みば》えがなかったようである。大将の臨時の随身を、殿上にも勤める近衛《このえ》の尉《じょう》がするようなことは例の少ないことで、何かの晴れの行幸などばかりに許されることであったが、今日は蔵人《くろうど》を兼ねた右近衛《うこんえ》の尉が源氏に従っていた。そのほかの随身も顔姿ともによい者ばかりが選ばれてあって、源氏が世の中で重んぜられていることは、こんな時にもよく見えた。この人にはなびかぬ草木もないこの世であった。

二

葵の君の容体はますます悪い。六条の御息所の生霊であるとも、その父である故人の大臣の亡霊が憑《つ》いているとも言われる噂《うわさ》の聞こえて来た時、御息所は自分自身の薄命を歎《なげ》くほかに人を呪《のろ》う心などはないが、物思いがつのればからだから離れることのあるという魂はあるいはそんな恨みを告げに源氏の夫人の病床へ出没するかもしれないと、こんなふうに悟られることもあるのであった。物思いの連続といってよい自分の生涯《しょうがい》の中に、いまだ今度ほど苦しく思ったことはなかった。御禊《みそぎ》の日の屈辱感から燃え立った恨みは自分でももう抑制のできない火になってしまったと思っている御息所は、ちょっとでも眠ると見る夢は、姫君らしい人が美しい姿ですわっている所へ行って、その人の前では乱暴な自分になって、武者ぶりついたり撲《なぐ》ったり、現実の自分がなしうることでない荒々しい力が添う、こんな夢で、幾度となく同じ筋を見る、情けないことである、魂がからだを離れて行ったのであろうかと思われる。失神状態に御息所がなっている時もあった。ないことも悪くいうのが世間である、ましてこの際の自分は彼らの慢罵欲《まんばよく》を満足させるのによい人物であろうと思うと、御息所は名誉の傷つけられることが苦しくてならないのである。死んだあとにこの世の人へ恨みの残った霊魂が現われるのはありふれた事実であるが、それさえも罪の深さの思われる悲しむべきことであるのに、生きている自分がそうした悪名を負うというのも、皆源氏の君と恋する心がもたらした罪である、その人への愛を今自分は根柢《こんてい》から捨てねばならぬと御息所は考えた。努めてそうしようとしても実現性のないむずかしいことに違いない。

三

葵の君はにわかに生みの苦しみにもだえ始めた。病気の祈禱のほかに安産の祈りも数多く始められたが、例の執念深い一つの物怪《もののけ》だけはどうしても夫人から離れない。名高い僧たちもこれほどの物怪には出あった経験がないと言って困っていた。さすがに法力におさえられて、哀れに泣いている。

「少しゆるめてくださいな、大将さんにお話しすることがあります」

そう夫人の口から言うのである。

「あんなこと。わけがありますよ。私たちの想像が当たりますよ」

女房はこんなことも言って、病床に添え立てた几帳《きちょう》の前へ源氏を導いた。父母たちは頼み少なくなった娘は、良人《おっと》に何か言い置くことがあるのかもしれないと思って座を避けた。この時に加持をする僧が声を低くして法華経《ほけきょう》を読み出したのが非常にありがたい気のすることであった。几帳の垂れ絹《たぎぬ》を引き上げて源氏が中を見ると、夫人は美しい顔をして、そして腹部だけが盛り上がった形で寝ていた。他人でも涙なしには見られないのを、まして良人である源氏が見て惜しく悲しく思うのは道理である。白い着物を着ていて、顔色は病熱ではなやかになっている。たくさんな長い髪は中ほどで束ねられて、枕《まくら》に添えてある。美女がこんなふうでいることは最も魅惑的なものであると見えた。源氏は妻の手を取って、

「悲しいじゃありませんか。私にこんな苦しい思いをおさせになる」

多くものが言われなかった。ただ泣くばかりである。平生は源氏に真正面から見られるととてもきまりわるそうにして、横へそらすその目でじっと良人を見上げているうちに涙がそこから流れて出るのであった。それを見て源氏が深い憐《あわれ》みを覚えたことはいうまでもない。あまりに泣くのを見て、残して行く親たちのことを考えたり、また自分を見て、別れの堪えがたい悲しみを覚えるのであろうと源氏は思った。

「そんなに悲しまないでいらっしゃい。それほど危険な状態でないと私は思う。またたとえどうなっても夫婦は来世でも逢えるのだからね。御両親も親子の縁の結ばれた間柄はまた特別な縁で来世で再会ができるのだと信じていらっしゃい」

と源氏が慰めると、

「そうじゃありません。私は苦しくてなりませんからしばらく法力をゆるめていただきたいと

あなたにお願いしようとしたのです。私はこんなふうにしてこちらへ出て来ようなどとは思わないのですが、物思いをする人の魂というものはほんとうに自分から離れて行くものなのです」

なつかしい調子でそう言ったあとで、

歎《なげ》きわび空に乱るるわが魂《たま》を結びとめてよ下がひの棲《つま》

という声も様子も夫人ではなかった。まったく変わってしまっているのである。怪しいと思って考えてみると、夫人はすっかり六条の御息所になっていた。源氏はあさましかった。人がいろいろな噂《うわさ》をしても、くだらぬ人が言い出したこととして、これまで源氏の否定してきたことが眼前に事実となって現われているのであった。こんなことがこの世にありもするのだと思うと、人生がいやなものに思われ出した。

「そんなことをお言いになっても、あなたがだれであるか私は知らない。確かに名を言ってごらんなさい」

源氏がこう言ったのちのその人はますます御息所そっくりに見えた。あさましいなどという言葉では言い足りない悪感《おかん》を源氏は覚えた。女房たちが近く寄って来る気配《けはい》にも、源氏はそれを見現わされはせぬかと胸がとどろいた。病苦にもだえる声が少し静まったのは、ちょっと楽になったのではないかと宮様が飲み湯を持たせておよこしになった時、その女房に抱き起こされて間もなく子が生まれた。源氏が非常にうれしく思った時、他の人間に移してあったのが皆口惜《くちお》しがって物怪は騒ぎ立った。それにまだ後産《あとざん》も済まぬのであるから少なからぬ不安があった。良人と両親が神仏に大願を立てたのはこの時である。そのせいであったかすべてが無事に済んだので、叡山《えいざん》の座主《ざす》をはじめ高僧たちが、だれも皆誇らかに汗を拭《ぬぐ》い拭い帰って行った。これまで心配をし続けていた人はほっとして、危険もこれで去ったという安心を覚えて恢復《かいふく》の曙光《しょこう》も現われたとだれもが思った。修法などはまた改めて行なわせていたが、今目前に新しい命が一つ出現したことに対する歓喜が大きくて、左大臣家は昨日に変わる幸福に満たされた形である。院をはじめとして親王方、高官たちから派手《はで》な産養《うぶやしない》の賀宴が毎夜持ち込まれた。出生したのは男子でさえもあったからそれらの儀式がことさらはなやかであった。

流離する光源氏（須磨・明石）

桐壺院が崩御されると、勢力は右大臣方（弘徽殿大后方）へと流れていく。朱雀帝の母である弘徽殿大后には朧月夜という妹がいて、尚侍として宮中に出仕していた。源氏は、この朧月夜との密通が露見し、右大臣方は、源氏勢力を一掃するいい機会と考えた。「須磨」の巻は、源氏が須磨の地へ隠棲する場面を描く。須磨は畿内の外れで、瀬戸内海に面したところである。

一

当帝の外戚の大臣一派が極端な圧迫をして源氏に不愉快な目を見せることが多くなって行く。つとめて冷静にはしていても、このままで置けば今以上な禍《わざわ》いが起こって来るかもしれぬと源氏は思うようになった。源氏が隠栖《いんせい》の地に擬している須磨《すま》という所は、昔は相当に家などもあったが、近ごろはさびれて人口も稀薄《きはく》になり、漁夫の住んでいる数もわずかであると源氏は聞いていたが、田舎《いなか》といっても人の多い所で、引き締まりのない隠栖になってしまってはいやであるし、そうかといって、京にあまり遠くては、人には言えぬことではあるが夫人［紫上］のことが気がかりでならぬであろうしと、煩悶《はんもん》した結果須磨へ行こうと決心した。この際は源氏の心に上ってくる過去も未来も皆悲しかった。いとわしく思った都も、いよいよ遠くへ離れて行こうとする時になっては、捨て去りがたい気のするものの多いことを源氏は感じていた。その中でも若い夫人が、近づく別れを日々に悲しんでいる様子の哀れさは何にもまさっていたましかった。この人とはどんなことがあっても再会を遂げようという覚悟はあっても、考えてみれば、一日二日の外泊をしていても恋しさに堪えられなかったし、女王《にょおう》［紫上］もその間は同じように心細がっていたそんな間柄であるから、幾年と期間の定まった別居でもなし、無常の人世では、仮の別れが永久の別れになるやも計られないのであると、源氏は悲しくて、そっといっしょに伴って行こうという気持ちになることもあるのであるが、そうした寂しい須磨のような所に、海岸へ波の寄ってくるほかは、人の来訪することもない住居《すまい》に、この華麗な貴女《きじょ》と同棲《どうせい》していることは、あまりに不似合いなことではあるし、自身としても妻のいたましさに苦しまねばならぬであろうと源氏は思って、それはやめることにしたのを、夫人は、

「どんなひどい所だって、ごいっしょでさえあれば私はいい」

と言って、行きたい希望のこばまれるのを恨めしく思っていた。

二

終日風の揉《も》み抜いた家にいたのであるから、源氏も疲労して思わず眠った。ひどい場所であったから、横になったのではなく、ただ物によりかかって見る夢に、お亡《な》くなりになった院がはいっておいでになったかと思うと、すぐそこへお立ちになって、

「どうしてこんなひどい所にいるか」

こうお言いになりながら、源氏の手を取って引き立てようとあそばされる。

「住吉の神が導いてくださるのについて、早くこの浦を去ってしまうがよい」

と仰せられる。源氏はうれしくて、

「陛下［桐壺院］とお別れいたしましてからは、いろいろと悲しいことばかりがございますか

ら私はもうこの海岸で死のうかと思います」

「とんでもない。これはね、ただおまえが受けるちょっとしたことの報いにすぎないのだ。私は位にいる間に過失もなかったつもりであったが、犯した罪があって、その罪の贖《つぐな》いをする間は忙《せわ》しくてこの世を顧みる暇がなかったのだが、おまえが非常に不幸で、悲しんでいるのを見ると堪えられなくて、海の中を来たり、海べを通ったりまったく困ったがやっとここまで来ることができた。このついでに陛下へ申し上げることがあるから、すぐに京へ行く」

と仰せになってそのまま行っておしまいになろうとした。源氏は悲しくて、

「私もお供してまいります」

と泣き入って、父帝のお顔を見上げようとした時に、人は見えないで、月の顔だけがきらきらとして前にあった。源氏は夢とは思われないで、まだ名残《なごり》がそこらに漂っているように思われた。空の雲が身にしむように動いてもいるのである。長い間夢の中で見ることもできなかった恋しい父帝をしばらくだけではあったが明瞭《めいりょう》に見ることのできた、そのお顔が面影に見えて、自分がこんなふうに不幸の底に落ちて、生命《いのち》も危うくなったのを、助けるために遠い世界からおいでになったのであろうと思うと、よくあの騒ぎがあったことであると、こんなことを源氏は思うようになった。なんとなく力がついてきた。その時は胸がはっとした思いでいっぱいになって、現実の悲しいことも皆忘れていたが、夢の中でももう少しお話をすればよかった

と飽き足らぬ気のする源氏は、もう一度続きの夢が見られるかとわざわざ寝入ろうとしたが、眠りえないままで夜明けになった。

三

渚《なぎさ》のほうに小さな船を寄せて、二、三人が源氏の家のほうへ歩いて来た。だれかと山荘の者が問うてみると、明石《あかし》の浦から前播磨守《さきのはりまのかみ》入道が船で訪《たず》ねて来ていて、その使いとして来た者であった。

「源《げん》少納言さんがいられましたら、お目にかかって、お訪ねいたしました理由を申し上げます」

と使いは入道の言葉を述べた。驚いていた良清《よしきよ》［源氏の従者］は、

「入道は播磨での知人で、ずっと以前から知っておりますが、私との間には双方で感情の害されていることがあって、格別に交際《つきあい》をしなくなっております。それが風波の害のあった際に何を言って来たのでしょう」

と言って訳がわからないふうであった。源氏は昨夜の夢のことが胸中にあって、

「早く逢《あ》ってやれ」

と言ったので、良清《よしきよ》は船へ行って入道に面会した。あんなにはげしい天気のあとでどうして船が出されたのであろうと良清はまず不思議に思った。

「この月一日の夜に見ました夢で異形《いぎょう》の者からお告げを受けたのです。信じがたいこととは思いましたが、十三日が来れば明瞭になる、船の仕度《したく》をしておいて、必ず雨風がやんだら須磨の源氏の君の住居《すまい》へ行けというようなお告げがありましたから、試みに船の用意をして待っていますと、たいへんな雨風でしょう、そして雷でしょう、支那《しな》などでも夢の告げを信じてそれで国難を救うことができたりした例もあるのですから、こちら様ではお信じにならなくても、示しのあった十三日にはこちらへ伺ってお話だけは申し上げようと思いまして、船を出してみますと、特別なような風が細く、私の船だけを吹き送ってくれますような風でこちらへ着きましたが、やはり神様の御案内だったと思います。何かこちらでも神の告げというようなことがなかったでしょうか、と申すことを失礼ですがあなたからお取り次ぎくださいませんか」

と入道は言うのである。良清はそっと源氏へこのことを伝えた。源氏は夢も現実も静かでなく、何かの暗示らしい点の多かったことを思って、世間の譏《そし》りなどばかりを気にかけ神の冥助《みょうじょ》にそむくことをすれば、またこれ以上の苦しみを見る日が来るであろう、人間を怒らせることすら結果は相当に恐ろしいのである、気の進まぬことも自分より年長者であったり、上の地位にいる人の言葉には随《したが》うべきである。退いて咎《とが》なしと昔の賢人も言った、あくまで謙遜《けんそん》であるべきである。もう自分は生命《いのち》の危《あぶ》ないほどの目を幾つも見せられた、臆病《おくびょう》であったと言われることを不名誉だと考える必要もない。夢の中でも父帝は住吉《すみよし》の神のことを仰せられたのであるから、疑うことは一つも残っていないと思って、源氏は明石へ居を移す決心をして、入道へ返辞を伝えさせた。

「知るべのない所へ来まして、いろいろな災厄《さいやく》にあっていましても、京のほうからは見舞いを言い送ってくれる者もありませんから、ただ大空の月日だけを昔馴染《なじ》みのものと思ってながめているのですが、今日船を私のために寄せてくだすってありがたく思います。明石には私の隠《いん》栖《せい》に適した場所があるでしょうか」

入道は申し入れの受けられたことを非常によろこんで、恐縮の意を表してきた。ともかく夜が明けきらぬうちに船へお乗りになるがよいということになって、例の四、五人だけが源氏を護《まも》って乗船した。入道の話のような清い涼しい風が吹いて来て、船は飛ぶように明石へ着いた。それはほんの短い時間のことであったが不思議な海上の気であった。

明石の浦の風光は、源氏がかねて聞いていたように美しかった。ただ須磨に比べて住む人間の多いことだけが源氏の本意に反したことのようである。入道の持っている土地は広くて、海岸のほうにも、山手のほうにも大きな邸宅があった。渚《なぎさ》には風流な小亭《しょうてい》が作ってあり、山手のほうには、渓流《けいりゅう》に沿った場所に、入道がこもって後世《ごせ》の祈りをする三昧堂《さんまいどう》があって、老後のために蓄積してある財物のための倉庫町もある。高潮を恐れてこのごろは娘その他の家族は山手の家のほうに移らせてあったから、浜のほうの本邸に源氏一行は気楽に住んでいることができるのであった。船から車に乗り移るころにようやく朝日が上って、ほのかに見ることのできた源氏の美貌《びぼう》に入道は老いを忘れることもでき、命も延びる気がした。満面に笑《え》みを見せてまず住吉の神をはるかに拝んだ。月と日を掌《てのひら》の中に得たような喜びをして、入道が源氏を大事がるのはもっともなことである。おのずから風景の明媚《めいび》な土地に、林泉の美が巧みに加えられた庭が座敷の周囲にあった。入り江の水の姿の趣などは想像力の乏しい画家には描《か》けないであろうと思われた。須磨の家に比べるとここは非常に明るくて朗らかであった。座敷の中の設備にも華奢《かしゃ》が尽くされてあった。生活ぶりは都の大貴族と少しも変わっていないのである。それよりもまだ派手《はで》なところが見えないでもない。

四

この年は日本に天変地異ともいうべきことがいくつも現われてきた。三月十三日の雷雨の烈《はげ》しかった夜、帝《みかど》〔朱雀帝〕の御夢に先帝〔桐壺院〕が清涼殿の階段《きざはし》の所へお立ちになって、非常に御機嫌《ごきげん》の悪い顔つきでおにらみになったので、帝がかしこまっておいでになると、先帝からはいろいろの仰せがあった。それは多く源氏のことが申されたらしい。おさめになったあとで帝は恐ろしく思召《おぼしめ》した。また御子として、他界におわしましてなお御心労を負わせられることが堪えられないことであると悲しく思召した。太后〔弘徽殿女御〕へお話しになると、

「雨などが降って、天気の荒れている夜などというものは、平生神経を悩ましていることが悪夢にもなって見えるものですから、それに動かされたと外へ見えるようなことはなさらないほうがよい。軽々しく思われます」

と母君［弘徽殿女御］は申されるのであった。おにらみになる父帝［桐壺帝］の目と視線をお合わせになったためでか、帝は眼病におかかりになって重くお煩《わずら》いになることになった。御謹慎的な精進を宮中でもあそばすし、太后の宮でもしておいでになった。また太政大臣が突然亡《な》くなった。もう高齢であったから不思議でもないのであるが、そのことから不穏な空気が世上に醸《かも》されていくことにもなったし、太后も何ということなしに寝ついておしまいになって、長く御平癒《へいゆ》のことがない。御衰弱が進んでいくことで帝は御心痛をあそばされた。

「私はやはり源氏の君が犯した罪もないのに、官位を剝奪《はくだつ》されているようなことは、われわれの上に報いてくることだろうと思います。どうしても本官に復させてやらねばなりません」

このことをたびたび帝は太后へ仰せになるのであった。

「それは世間の非難を招くことですよ。罪を恐れて都を出て行った人を、三年もたたないでお許しになっては天下の識者が何と言うでしょう」

などとお言いになって、太后はあくまでも源氏の復職に賛成をあそばさないままで月日がたち、帝と太后の御病気は依然としておよろしくないのであった。

五

　山手の家は林泉の美が浜の邸《やしき》にまさっていた。浜の館《やかた》は派手《はで》に作り、これは幽邃《ゆうすい》であることを主にしてあった。若い女のいる所としてはきわめて寂しい。こんな所にいては人生のことが皆身にしむことに思えるであろうと源氏は恋人［明石君］に同情した。三昧堂《さんまいどう》が近くて、そこで鳴らす鐘の音が松風に響き合って悲しい。岩にはえた松の形が皆よかった。植え込みの中にはあらゆる秋の虫が集まって鳴いているのである。源氏は邸内をしばらくあちらこちらと歩いてみた。娘［明石君］の住居《すまい》になっている建物はことによく作られてあった。月のさし込んだ妻戸が少しばかり開かれてある。そこの縁へ上がって、源氏は娘へものを言いかけた。これほどには接近して逢おうとは思わなかった娘であるから、よそよそしくしか答えない。貴族らしく気どる女である。もっとすぐれた身分の女でも今日までこの女に言い送ってあるほどの熱情を見せれば、皆好意を表するものであると過去の経験から教えられている。この女は現在の自分を侮《あなど》って見ているのではないかなどと、焦慮の中には、こんなことも源氏は思われた。力で勝つことは初めからの本意でもない、女の心を動かすことができずに帰るのは見苦しいとも思う源氏が追い追いに熱してくる言葉などは、明石の浦でされることが少し場所違いでもったいなく思われるものであった。几帳《きちょう》の紐《ひも》が動いて触れた時に、十三絃《げん》の琴の緒《お》が鳴った。

それによってさっきまで琴などを弾《ひ》いていた若い女の美しい室内の生活ぶりが想像されて、源氏はますます熱していく。

明石君の薄倖（明石・澪標）

八月十三日、月明かりの夜に源氏は明石君と結ばれた。年があけて、朱雀帝は退位の決意が強く、次帝である冷泉帝の後見役として、源氏は都へ召還された。

一

悲しそうで目のあたりの赤くなっている源氏の顔が美しかった。

「私には当然の義務であることもあるのですから、決して不人情な者でないとすぐにまたよく思っていただくような日もあるでしょう。私はただこの家と離れることが名残《なごり》惜しくてならない、どうすればいいことなんだか」

と言って、

都出《いで》し春の歎《なげ》きに劣らめや年ふる浦を別れぬる秋

と涙を袖《そで》で源氏は拭《ぬぐ》っていた。これを見ると入道は気も遠くなったように萎《しお》れてしまった。

それきり起居《たちい》もよろよろとするふうである。明石の君の心は悲しみに満たされていた。外へは現わすまいとするのであるが、自身の薄倖《はっこう》であることが悲しみの根本になっていて、捨てて行く恨めしい源氏がまた恋しい面影になって見えるせつなさは、泣いて僅かに洩《も》らすほかはどうしようもない。母の夫人もなだめかねていた。

「どうしてこんなに苦労の多い結婚をさせたろう。固意地《かたいじ》な方の言いなりに私までもがついて行ったのがまちがいだった」

と夫人は歎息《たんそく》していた。

「うるさい、これきりにあそばされないことも残っているのだから、お考えがあるに違いない。湯でも飲んでまあ落ち着きなさい。ああ苦しいことが起こってきた」

入道はこう妻と娘に言ったままで、室の片隅《かたすみ》に寄っていた。妻と乳母《めのと》とが口々に入道を批難した。

「お嬢様を御幸福な方にしてお見上げしたいと、どんなに長い間祈って来たことでしょう。いよいよそれが実現されますことかと存じておりましたのに、お気の毒な御経験をあそばすことになったのでございますね。最初の御結婚で」

こう言って歎《なげ》く人たちもかわいそうに思われて、そんなこと、こんなことで入道の心は前よりずっとぼけていった。昼は終日寝ているかと思うと、夜は起き出して行く。

「数珠《じゅず》の置き所も知れなくしてしまった」

と両手を擦《す》り合わせて絶望的な歎息《たんそく》をしているのであった。弟子《でし》たちに批難されては月夜に出て御堂《みどう》の行道《ぎょうどう》をするが池に落ちてしまう。風流に作った庭の岩角《いわかど》に腰をおろしそこねて怪我《けが》をした時には、その痛みのある間だけ煩悶《はんもん》をせずにいた。

二

この秋に源氏は住吉詣《すみよしもう》でをした。須磨《すま》、明石《あかし》で立てた願《がん》を神へ果たすためであって、非常な大がかりな旅になった。廷臣たちが我も我もと随行を望んだ。ちょうどこの日であった、明石の君が毎年の例で参詣《さんけい》するのを、去年もこの春も障《さわ》りがあって果たすことのできなかった謝罪も兼ねて、船で住吉へ来た。海岸のほうへ寄って行くと華美な参詣の行列が寄進する神宝を運び続けて来るのが見えた。楽人、十列《とつら》の者もきれいな男を選んであった。

「どなたの御参詣なのですか」

と船の者が陸へ聞くと、

「おや、内大臣様［光源氏］の御願《ごがん》はたしの御参詣を知らない人もあるね」

供男《ともおとこ》階級の者もこう得意そうに言う。何とした偶然であろう、ほかの月日もないようにと明石の君は驚いたが、はるかに恋人［光源氏］のはなばなしさを見ては、あまりに懸隔のありすぎるわが身の上であることを痛切に知って悲しんだ。さすがによそながら巡り合うだけの宿命につながれていることはわかるのであったが、笑って行った侍さえ幸福に輝いて見える日に、罪障の深い自分は何も知らずに来て恥ずかしい思いをするのであろうと思い続けると悲しくばかりなった。深い緑の松原の中に花紅葉《もみじ》が撒《ま》かれたように見えるのは袍《ほう》のいろいろであった。赤袍は五位、浅葱《あさぎ》は六位であるが、同じ六位も蔵人《くろうど》は青色で目に立った。加茂の大神を恨んだ右近丞《うこんのじょう》は靫負《ゆぎえ》になって、随身をつれた派手《はで》な蔵人になって来ていた。良清《よしきよ》も同じ靫負佐《ゆぎえのすけ》になってはなやかな赤袍の一人であった。明石に来ていた人たちが昔の面影とは違ったはなやかな姿で人々の中に混じっているのが船から見られた。若い顕官たち、殿上役人が競うように凝った姿をして、馬や鞍《くら》にまで華奢《かしゃ》を尽くしている一行は、田舎《いなか》の見物人の目を楽しませた。源氏の乗った車が来た時、明石の君はきまり悪さに恋しい人をのぞくことができなかった。河原《かわら》の左大臣［源融］の例で童形《どうぎょう》の儀仗《ぎじょう》の人を源氏は賜わっているのである。それらは美しく装うていて、髪は分けて二つの輪のみずらを紫のぼかしの元結いでくくった十人は、背たけもそろった美しい子供である。近年はあまり許される者のない珍しい随身である。大臣家で生まれた若君は馬に乗せられていて、一班ずつを揃《そろ》えの衣裳《いしょう》にした幾班かの馬添い童《わらわ》がつけられてある。最高の貴族の子供というものはこうしたものであるというように、多数の人から大事に扱われて通って行くのを見た時、明石の君は自分の子も兄弟でいながら見る影もなく扱われていると悲しかった。いよいよ御社《みやしろ》に向いて子のために念じていた。

摂津守が出て来て一行を饗応《きょうおう》した。普通の大臣の参詣《さんけい》を扱うのとはおのずから違ったことになるのは言うまでもない。

三

明石の君はますます自分がみじめに見えた。

こんな時に自分などが貧弱な御幣《みてぐら》を差し上げても神様も目にとどめにならぬだろうし、帰ってしまうこともできない、今日は浪速《なにわ》のほうへ船をまわして、そこで祓《はら》いでもするほうがよいと思って、明石の君の乗った船はそっと住吉を去った。こんなことを源氏は夢にも知らないでいた。夜通しいろいろの音楽舞楽を広前《ひろまえ》に催して、神の喜びたもうようなことをし尽くした。過去の願に神へ約してあった以上のことを源氏は行なったのである。惟光《これみつ》などという源氏と辛苦をともにした人たちは、この住吉の神の徳を偉大なものと感じていた。

こちらの派手《はで》な参詣ぶりに畏縮《いしゅく》して明石の船が浪速のほうへ行ってしまったことも惟光が告げた。その事実を少しも知らずにいたと源氏は心で憐《あわれ》んでいた。初めのことも今日のことも住吉の神が二人を愛しての導きに違いないと思われて、手紙を送って慰めてやりたい、近づいてかえって悲しませたことであろうと思った。住吉を立ってから源氏の一行は海岸の風光を愛しながら浪速に出た。そこでは祓いをすることになっていた。淀《よど》川の七瀬に祓いの幣が立てられてある堀江のほとりをながめて、「今はた同じ浪速なる」（身をつくしても逢はんとぞ思ふ）と我知らず口に出た。車の近くから惟光が口ずさみを聞いたのか、その用があろうと例のように懐中に用意していた柄の短い筆などを、源氏の車の留められた際に提供した。源氏は懐紙に書くのであった。

　みをつくし恋ふるしるしにここまでもめぐり逢ひける縁《えに》は深しな

惟光に渡すと、明石へついて行っていた男で、入道家の者と心安くなっていた者を使いにして明石の君の船へやった。派手な一行が浪速を通って行くのを見ても、女は自身の薄倖《はっこう》さばかりが思われて悲しんでいた所へ、ただ少しの消息ではあるが送られて来たことで感激して泣いた。

四

明石の君は源氏の一行が浪速《なにわ》を立った翌日は吉日でもあったから住吉へ行って御幣《みてぐら》を奉った。その人だけの願も果たしたのである。郷里へ帰ってからは以前にも増した物思いをする人になって、人数《ひとかず》でない身の上を歎《なげ》き暮らしていた。もう京へ源氏の着くころであろうと思ってから間もなく源氏の使いが明石へ来た。近いうちに京へ迎えたいという手紙を持って来たのである。頼もしいふうに恋人の一人として認められている自分であるが、故郷を立って京へ出たのちにまで源氏の愛は変わらずに続くものであろうかと考えられることによって女は苦しんでいた。入道も手もとから娘を離してやることは不安に思われるのであるが、そうかといってこのまま田舎に置くことも悲惨な気がして源氏との関係が生じなかった時代よりもかえって苦労は多くなったようであった。女からは源氏をめぐるまぶしい人たちの中へ出て行く自信がなくて出京はできないという返事をした。

明石君の上京と葛藤（松風・薄雲）

源氏は、明石君の上京を促す。明石入道は、妻の先祖から伝えられた領地が大堰川の畔（嵯峨野）にあることを思い出し、そこにあった邸を修理して、娘と孫に住まわせる決意をした。

一

免れがたい因縁に引かれていよいよそこを去る時になったのであると思うと、女〔明石君〕の心は馴染《なじ》み深い明石の浦に名残《なごり》が惜しまれた。父の入道を一人ぼっちで残すことも苦痛であった。なぜ自分だけはこんな悲しみをしなければならないのであろうと、朗らかな運命を持つ人がうらやましかった。両親も源氏に迎えられて娘が出京するというようなことは長い間寝てもさめても願っていたことで、それが実現される喜びはあっても、その日を限りに娘たちと別れて孤独になる将来を考えると堪えがたく悲しくて、夜も昼も物思いに入道は呆《ぼう》としていた。言うことはいつも同じことで、

「そして私は姫君の顔を見ないでいるのだね」

それればかりである。夫人の心も非常に悲しかった。これまでもすでに同じ家には住まず別居の形になっていたのであるから、明石が上京したあとに自分だけが残る必要も認めてはいないものの、地方にいる間だけの仮の夫婦の中でも月日が重なって馴染《なじ》みの深くなった人たちは別れがたいものに違いないのであるから、まして夫人にとっては頑固《がんこ》な我意の強い良人《おっと》ではあったが、明石に作った家で終わる命を予想して、信頼して来た妻なのであるからにわかに別れて京へ行ってしまうことは心細かった。光明を見失った人になって田舎《いなか》の生活をしていた若い女房などは、蘇生《そせい》のできたほどにうれしいのであるが、美しい明石の浦の風景に接する日のまたないであろうことを思うことで心のめいることもあった。これは秋のことであったからことに物事が身に沁《し》んで思われた。出立の日の夜明けに、涼しい秋風が吹いていて、虫の声もする時、明石の君は海のほうをながめていた。入道は後夜《ごや》に起きたままでいて、鼻をすすりながら仏前

の勤めをしていた。門出の日は縁起を祝って、不吉なことはだれもいっさい避けようとしているが、父も娘も忍ぶことができずに泣いていた。小さい姫君は非常に美しくて、夜光の珠《たま》と思われる麗質の備わっているのを、これまでどれほど入道が愛したかしれない。祖父の愛によく馴染んでいる姫君を入道は見て、

「僧形《そうぎょう》の私が姫君のそばにいることは遠慮すべきだとこれまでも思いながら、片時だっておを見ねばいられなかった私は、これから先どうするつもりだろう」

と泣く。

二

冬になって来て川沿いの家にいる人［明石君］は心細い思いをすることが多く、気の落ち着くこともない日の続くのを、源氏も見かねて、

「これではたまらないだろう、私の言っている近い家へ引っ越す決心をなさい」

と勧めるのであったが、「宿変へて待つにも見えずなりぬればつらき所の多くもあるかな」という歌のように、恋人の冷淡に思われることも地理的に斟酌《しんしゃく》をしなければならないと、しいて解釈してみずから慰めることなどもできなくなって、男の心を顕《あら》わに見なければならないことは苦痛であろうと明石《あかし》は躊躇《ちゅうちょ》をしていた。

「あなたがいやなら姫君だけでもそうさせてはどう。こうしておくことは将来のためにどうかと思う。私はこの子の運命に予期していることがあるのだから、その暁を思うともったいない。西の対《たい》の人〔紫上〕が姫君のことを知っていて、非常に見たがっているのです。しばらく、あの人に預けて、袴着《はかまぎ》の式なども公然二条の院でさせたいと私は思う」

源氏はねんごろにこう言うのであったが、源氏がそう計らおうとするのでないかとは、明石が以前から想像していたことであったから、この言葉を聞くとはっと胸がとどろいた。

「よいお母様の子にしていただきましても、ほんとうのことは世間が知っていまして、何かと噂《うわさ》が立ちましては、ただ今の御親切がかえって悪い結果にならないでしょうか」

手放しがたいように女〔明石君〕は思うふうである。

「あなたが賛成しないのはもっともだけれど、継母の点で不安がったりはしないでおおきなさい。あの人は私の所へ来てずいぶん長くなるのだが、こんなかわいい者のできないのを寂しがってね、前斎宮《ぜんさいぐう》などは幾つも年が違っていない方だけれど、娘として世話をすることに楽しみを見いだしているようなわけだから、ましてこんな無邪気な人にはどれほど深い愛を持つかしれない、と私が思うことのできる人ですよ」

源氏は紫の女王《にょおう》の善良さを語った。それはほんとうであるに違いない、昔はどこへ源氏の愛は落ち着くものか想像もできないという噂《うわさ》が田舎《いなか》にまで聞こえたものであった源氏の多情な、恋愛生活が清算されて、皆過去のことになったのは今の夫人［紫上］を源氏が得たためであるから、だれよりもすぐれた女性に違いないと、こんなことを明石は考えて、何の価値もない自分は決してそうした夫人の競争者ではないが、京へ源氏に迎えられて自分が行けば、夫人に不快な存在と見られることがあるかもしれない。自分はどうなるもこうなるも同じことであるが、長い未来を持つ子は結局夫人の世話になることであろうから、それならば無心でいる今のうちに夫人の手へ譲ってしまおうかという考えが起こってきた。しかしまた気がかりでならないことであろうし、つれづれを慰めるものを失っては、自分は何によって日を送ろう、姫君がいるためにたまさかに訪《たず》ねてくれる源氏が、立ち寄ってくれることもなくなるのではないかとも煩《はん》悶《もん》されて、結局は自身の薄倖《はっこう》を悲しむ明石であった。尼君は思慮のある女であったから、

「あなたが姫君を手放すまいとするのはまちがっている。ここにおいでにならなくなることは、どんなに苦しいことかはしれないけれど、あなたは母として姫君の最も幸福になることを考えなければならない。姫君を愛しないでおっしゃることでこれはありませんよ。あちらの奥様を信頼してお渡しなさいよ。母親次第で陛下のお子様だって階級ができるのだからね。源氏の大臣がだれよりもすぐれた天分を持っていらっしゃりながら、御位《みくらい》にお即《つ》きにならずに一臣下で仕えていらっしゃるのは、大納言さん［桐壺更衣の父］がもう一段出世ができずにお亡《かく》れになって、お嬢さんが更衣《こうい》にしかなれなかった、その方からお生まれになったことで御損をなすっ

たのですよ。まして私たちの身分は問題にならないほど恥ずかしいものなのですからね。また親王様だって、大臣の家だって、良い奥様から生まれたお子さんと、劣った生母を持つお子さんとは人の尊敬のしかたが違うし、親だって公平にはおできにならないものです。姫君の場合を考えれば、まだ幾人もいらっしゃるりっぱな奥様方のどっちかで姫君がお生まれになれば、当然肩身の狭いほうのお嬢さんにおなりになりますよ。一体女というものは親からたいせつにしてもらうことで将来の運も招くことになるものよ。袴着《はかまぎ》の式だってても、どんなに精一杯のことをしても大井の山荘ですることではなやかなものになるわけはない。そんなこともあちらへおまかせして、どれほど尊重されていらっしゃるか、どれほどりっぱな式をしてくだすったかと聞くだけで満足をすることになさいね」

と娘に訓《おし》えた。賢い人に聞いて見ても、占いをさせてみても、二条の院へ渡すほうに姫君の幸運があるとばかり言われて、明石は子を放すまいと固執する力が弱って行った。源氏もそうしたくは思いながらも、女の気持ちを尊重してしいて言うことはしなかった。手紙のついでに、袴着の仕度にかかりましたかと書いた返事に、

何事も無力な母のそばにおりましては気の毒でございます。先日のお言葉のように生《お》い先が哀れに思われます。しかし、そちらへこの子が出ましてはまたどんなにお恥ずかしいことばかりでしょう。

と言って来たのを源氏は哀れに思った。源氏はいよいよ二条の院ですることになった姫君の袴着の吉日を選ばせて、式の用意を命じていた。

式は式でも紫夫人の手へ姫君を渡しきりにすることは今でも堪えがたいことに明石は思いながらも、何事も姫君の幸福を先にして考えねばならぬと悲痛な決心をしていた。

三

暗くなってから着いた二条の院のはなやかな空気はどこにもあふれるばかりに見えて、田舎に馴《な》れてきた自分らがこの中で暮らすことはきまりの悪い恥ずかしいことであると、二人の女は車から下《お》りるのに躊躇《ちゅうちょ》さえした。西向きの座敷が姫君［明石姫君］の居間として設けられてあって、小さい室内の装飾品、手道具がそろえられてあった。乳母の部屋は西の渡殿の北側の一室にできていた。姫君は途中で眠ってしまったのである。抱きおろされて目がさめた時にも泣きなどはしなかった。夫人の居間で菓子を食べなどしていたが、そのうちあたりを見まわして母のいないことに気がつくと、かわいいふうに不安な表情を見せた。源氏は乳母を呼んでなだめさせた。残された母親はましてどんなに悲しがっているることであろうと、想像されることは、源氏に心苦しいことであったが、こうして最愛の妻と二人でこのかわいい子をこれから育てていくことは非常な幸福なことであるとも思った。どうしてあの人に生まれて、この人に生まれてこなかったか、自分の娘として完全に瑕《きず》のない所へはなぜできてこなかったのかと、さすがに残念にも源氏は思うのであった。当座は母や祖母や、大井の家で見馴《な》れた人たちの名を呼んで泣くこともあったが、大体が優しい、美しい気質の子であったから、よく夫人に親しんでしまった。女王《にょおう》は可憐《かれん》なものを得たと満足しているのである。専心にこの子の世話をして、抱いたり、ながめたりすることが夫人のまたとない喜びになって、乳母も自然に夫人に接近するようになった。ほかにもう一人身分ある女の乳の出る人が乳母に添えられた。

袴着《はかまぎ》はたいそうな用意がされたのでもなかったが世間並みなものではなかった。その席上の飾りが雛《ひな》遊びの物のようで美しかった。列席した高官たちなどはこんな日にだけ来るのでもなく、毎日のように出入りするのであったから目だたなかった。ただその式で姫君が袴の紐《ひも》を互いちがいに襷《たすきがた》形に胸へ掛けて結んだ姿がいっそうかわいく見えたことを言っておかねばならない。

四

大井の山荘では毎日子を恋しがって明石が泣いていた。自身の愛が足らず、考えが足りなかったようにも後悔していた。尼君も泣いてばかりいたが、姫君の大事がられている消息の伝わってくることはこの人にもうれしかった。十分にされていて袴着の贈り物などここから持たせてやる必要は何もなさそうに思われたので、姫君づきの女房たちに、乳母をはじめ新しい一重ねずつの華美な衣裳を寄贈《おく》るだけのことにした。子さえ取ればあとは無用視するように女が思わないかと気がかりに思って年内にまた源氏は大井へ行った。寂しい山荘住まいをして、唯一の慰めであった子供に離れた女に同情して源氏は絶え間なく手紙を送っていた。夫人ももうこのごろではかわいい人に免じて恨むことが少なくなった。

玉鬘の発見（玉鬘・蛍）

亡くなった夕顔には頭中将との間に玉鬘という娘がおり、夕顔の死後は乳母につれられて九州に下り、養育されていた。筑紫の地では、玉鬘の美貌と卑しからぬ素性が噂されて、求婚者が殺到していた。しかし、乳母やその息子たちは玉鬘を上京させ、父母に会わせたいという望みを捨てずにいた。地方の豪族から激しい求愛を受けたことを契機にして、九州を抜け出す計画を立てる。

一

年月はどんなにたっても、源氏は死んだ夕顔のことを少しも忘れずにいた。個性の違った恋人を幾人も得た人生の行路に、その人がいたならばと遺憾に思われることが多かった。右近は何でもない平凡な女であるが、源氏は夕顔の形見と思って庇護するところがあったから、今日では古い女房の一人になって重んぜられもしていた。須磨《すま》へ源氏の行く時に夫人のほうへ女房を皆移してしまったから、今では紫夫人の侍女になっているのである。善良なおとなしい女房と夫人も認めて愛していたが、右近の心の中では、夕顔夫人が生きていたなら、明石《あかし》夫人が愛されているほどには源氏から思われておいでになるであろう、たいした恋でもなかった女性たちさえ、余さず将来の保証をつけておいでになるような情け深い源氏であるから、紫夫人などの列にははいらないでも、六条院へのわたましの夫人の中にはおいでになるはずであるといつも悲しんでいた。

二

西の京へ別居させてあった姫君がどうなったかも右近は知らずにいた。夕顔の死が告げてやりにくい心弱さと、今になって相手の自分であったことは知らせないようにと源氏から言われたことでの遠慮とが、右近のほうから尋ね出すことをさせなかった。そのうちに、乳母《めのと》の良人《おっと》が九州の少弐《しょうに》に任ぜられたので、一家は九州へ下った。姫君の四つになる年のことである。乳母たちは母君の行くえを知ろうといろいろの神仏に願を立て、夜昼泣いて恋しがっていたが何のかいもなかった。しかたがない、姫君だけでも夫人の形見に育てていたい、卑しい自分らといっしょに遠国へおつれすることを悲しんでいると父君のほうへほのめかしたいとも思ったが、よいってはなかった。その上母君の所在を自分らが知らずにいては、問われた場合に返辞《へんじ》のしようもない。よく馴染《なじ》んでおいでにならない姫君を、父君へ渡して立って行くのも、自分らの気がかり千万なことであろうし、話をお聞きになった以上は、いっしょにつれて行ってもよいと父君が許されるはずがないなどと言い出す者もあって、美しくて、すでにもう高貴な相の備わっている姫君を、普通の旅役人の船に乗せて立って行く時、その人々は非常に悲しがった。幼い姫君も母君を忘れずに、

「お母様の所へ行くの」

と時々尋ねることが人々の心をより切なくした。

三

少弐一家は姫君［玉鬘］をかしずき立てることだけを幸福に思って任地で暮らしていた。夢などにたまさか夕顔の君を見ることもあった。同じような女が横に立っているような夢で、その夢を見たあとではいつもその人が病気のようになることから、もう死んでおしまいになったのであろうと、悲しいが思うようになった。

少弐は任期が満ちた時に出京しようと思ったが、出京して失職しているより、地方にこのまいるほうが生活の楽な点があって、思いきって上京することもようしなかった。その間に当人は重い病気になった。少弐は死ぬまぎわにも、もう十歳《とお》ぐらいになっていて、非常に美しい姫君を見て、

「私までもお見捨てすることになれば、どんなに御苦労をなされることだろう、卑しい田舎《いなか》でお育ちになっていることももったいないことと思っておりましたが、そのうち京へお供して参って、御肉身のかたがたへお知らせ申し、その先はあなた様の運命に任せるといたしましても、京は広い所ですから、よいこともきっとあって、安心がさせていただけると思いまして、その実行を早く早くとあせるように思っておりましたが、希望の実現どころか、私はもうここで死ぬことになりました」

と悲痛なことを言っていた。三人の男の子に、

「おまえたちは何よりせねばならぬことを、姫君を京へお供することと思え。私のための仏事などはするに及ばん」

と遺言をした。

四

姫君は三台ほどの車に分乗させた女房たちといっしょに六条院へ移って来た。女房の服装なども右近が付いていていたから田舎《いなか》びずに調えられた。源氏の所からそうした人たちに入り用な綾《あや》そのほかの絹布類は呈供してあったのである。

その晩すぐに源氏は姫君の所へ来た。九州へ行っていた人たちは昔光源氏という名は聞いたこともあったが、田舎住まいをしたうちにそのまれな美貌《びぼう》の人がこの世に現存していることも忘れていて今ほのかな灯《ひ》の明りに几帳《きちょう》の綻《ほころ》びから少し見える源氏の顔を見ておそろしくさえなったのであった。源氏の通って来る所の戸口を右近があけると、

「この戸口をはいる特権を私は得ているのだね」

と笑いながらはいって、縁側の前の座敷へすわって、

「灯があまりに暗い。恋人の来る夜のようではないか。親の顔は見たいものだと聞いているがこの明りではどうだろう。あなたはそう思いませんか」

と言って、源氏は几帳を少し横のほうへ押しやった。姫君が恥ずかしがって身体《からだ》を細くしてすわっている様子に感じよさがあって、源氏はうれしかった。

「もう少し明るくしてはどう。あまり気どりすぎているように思われる」

と源氏が言うので、右近は燈心を少し掻《か》き上げて近くへ寄せた。

「きまりを悪がりすぎますね」

と源氏は少し笑った。ほんとうにと思っているような姫君の目つきであった。少しも他人のようには扱わないで、源氏は親らしく言う。

「長い間あなたの居所がわからないので心配ばかりさせられましたよ。こうして逢《あ》うことができても、まだ夢のような気がしてね。それに昔のことが思い出されて堪えられないものが私の心にあるのです。だから話もよくできません」

こう言って目をぬぐう源氏であった。それは偽りでなくて、源氏は夕顔との死別の場を悲しく思い出しているのであった。年を数えてみて、

「親子であってこんなに長く逢えなかったというようなことは例もないでしょう。恨めしい運命でしたね。もうあなたは少女のように恥ずかしがってばかりいてよい年でもないのですから、今日までの話も私はしたいのに、なぜあなたは黙ってばかりいますか」

と源氏が恨みを言うのを聞くと、何と言ってよいかわからぬほど姫君は恥ずかしいのであったが、

「足立たずで（かぞいろはいかに哀れと思ふらん三とせになりぬ足立たずして）遠い国へ流れ着きましたころから、私は生きておりましたことか、死んでおりましたことかわからないのでござい

ます」

とほのかに言うのが夕顔の声そのままの語音《ごいん》であった。源氏は微笑を見せながら、

「あなたに人生の苦しい道をばかり通らせて来た酬《むく》いは私がしないでだれにしてもらえますか」

と言って、源氏は聡明《そうめい》らしい姫君の物の言いぶりに満足しながら、右近にいろいろな注意を与えて源氏は帰った。

五

夕闇時《ゆうやみ》が過ぎて、暗く曇った空を後ろにして、しめやかな感じのする風采《ふうさい》の宮がすわっておいでになるのも艶《えん》であった。奥の室から吹き通う薫香《たきもの》の香に源氏の衣服から散る香も混じって宮〔源氏の弟、蛍宮〕のおいでになるあたりは匂《にお》いに満ちていた。予期した以上の高華《こうげ》な趣の添った女性らしくまず宮はお思いになったのであった。宮のお語りになることは、じみな落着いた御希望であって、情熱ばかりを見せようとあそばすものでもないのが優美に感ぜられた。源氏は興味をもってこちらで聞いているのである。姫君は東の室に引き込んで横になっていたが、宰相の君〔玉鬘の侍女〕が宮のお言葉を持ってそのほうへはいって行く時に源氏は言《こと》づてた。

「あまりに重苦しいしかたです。すべて相手次第で態度を変えることが必要で、そして無難で

す。少女らしく恥ずかしがっている年齢《とし》でもない。この宮さんなどに人づてのお話などをなさるべきでない。声はお惜しみになっても少しは近い所へ出ていないではいけませんよ」

などと言う忠告である。玉鬘は困っていた。なおこうしていればその用があるふうをしてそばへ寄って来ないとは保証されない源氏であったから、複雑な侘《わ》びしさを感じながら玉鬘はそこを出て中央の室の几帳《きちょう》のところへ、よりかかるような形で身を横たえた。宮の長いお言葉に対して返辞がしにくい気がして玉鬘が躊躇《ちゅうちょ》している時、源氏はそばへ来て薄物の几帳の垂《た》れを一枚だけ上へ上げたかと思うと、蝋《ろう》の燭《ひ》をだれかが差し出したかと思うような光があたりを照らした。玉鬘は驚いていた。夕方から用意して蛍《ほたる》を薄様《うすよう》の紙へたくさん包ませておいて、今まで隠していたのを、さりげなしに几帳を引き繕うふうをしてにわかに袖《そで》から出したのである。たちまちに異常な光がかたわらに湧《わ》いた驚きに扇で顔を隠す玉鬘の姿が美しかった。強い明りがさしたならば宮も中をおのぞきになるであろう、ただ自分の娘であるから美貌《びぼう》であろうと想像をしておいでになるだけで、実質のこれほどすぐれた人とも認識しておいでにならないであろう。好色なお心を遣《や》る瀬ないものにして見せようと源氏が計ったことである。実子の姫君であったならこんな物狂わしい計らいはしないであろうと思われる。源氏はそっとそのまま外の戸口から出て帰ってしまった。宮は最初姫君のいる所はその辺であろうと見当をおつけになったのが、予期したよりも近い所であったから、興奮をあそばしながら薄物の几帳の間から中をのぞいておいでになった時に、一室ほど離れた所に思いがけない光が湧いたのでおもしろくお思いになった。まもなく明りは薄れてしまったが、しかも瞬間のほのかな光は恋の遊戯にふさわしい効果があった。かすかによりは見えなかったが、やや大柄な姫君の美しかった姿に宮のお心は十分に惹《ひ》かれて源氏の策は成功したわけである。

髭黒夫人の悲嘆（真木柱）

多くの人たちが玉鬘の美しさに魅了されたが、結局は武骨男の髭黒大将が玉鬘を手中におさめた（過程は本文に記述がない）。しかし、この髭黒には長年連れ添った妻（式部卿宮の娘）があり、三人の子供もあった。

一

右大将［髭黒］は、恋の勝利者である誇りをいつまでも蔭《かげ》のことにはしておかれないふうであった。時日がたっても新しい夫人［玉鬘］には打ち解けたところが見いだせないで、自身の運命はこれほどつまらないものであったかと、気をめいらせてばかりいる玉鬘《たまかずら》を、大将は恨めしく思いながらも、この人と夫婦になれた前生の因縁が非常にありがたかった。予想したにも過ぎた佳麗な人を見ては、自分が得なかった場合にはこのすぐれた人は他人の妻になっているのであると、こんなことを想像する瞬間でさえ胸がとどろいた。石山寺の観世音菩薩《かんぜおんぼさつ》も、女房の弁も並べて拝みたいほどに大将は感激していたが、玉鬘からは最初の夜の彼を導き入れた女として憎まれていて、弁は新夫人の居間へ出て行くことを得しないで、部屋に引き込んでいた。仏の御心《みこころ》にもその祈願は取り上げずにいられまいと思われた風流男たちの恋には効験《ききめ》がなくて、荒削りな大将に石山観音の霊験が現われた結果になった。源氏も快心のこととはこの問題を見られなかったが、もう成立したことであって、当人〔玉鬘〕はもとより実父〔もとの頭中将〕も許容した婿を自分だけが認めない態度をとることは、自分の愛している玉鬘のためにもかわいそうであると思って、新婦の家としてする儀式を華麗に行なって、婿かしずきも重々しくした。早くそのうちに自邸へ新夫人を引き取って行きたいと大将は思っているのであるが、源氏は簡単に良人《おっと》の家へ移るとしても、そこにはうれしく思っては迎えぬはずの第一夫人もいるのが、玉鬘のために気の毒であるということを理由にしてとめていた。

二

日が暮れると大将の心はもう静めようもなく浮き立って、どうかして自邸から一刻も早く出たいとばかり願うのであったが、大降りに雪が降っていた。こんな天候の時に家を出て行くことは人目に不人情なことに映ることであろうし、妻が見さかいなしの嫉妬《しっと》でもするのでもあれば自分のほうからも十分に抗争して家を出て行く機会も作れるのであるが、おおように静かにしていられては、ただ気の毒になるばかりであると、大将は煩悶して格子《こうし》も下《お》ろさせずに、縁側へ近い所で庭をながめているのを、夫人が見て、

「あやにくな雪はだんだん深くなるようですよ。時間だってもうおそいでしょう」

と外出を促して、もう自分といることに全然良人は興味を失っているのであるから、とめてもむだであると考えているらしいのが哀れに見られた。

「こんな夜にどうして」

と大将は言ったのであるが、そのあとではまた反対な意味のことを、

「当分はこちらの心持ちを知らずに、そばにいる女房などからいろんなことを言われたりして疑ったりすることもあるだろうし、また両方で大臣がこちらの態度を監視していられもするのだから、間を置かないで行く必要がある。あなたは落ち着いて、気長に私を見ていてください。邸《やしき》へつれて来れば、それからはその人だけを偏愛するように見えることもしないで済むでしょう。今日のように病気が起こらないでいる時には、少し外へ向いているような心もなくなって、あなたばかりが好きになる」

こんなに言っていた。

「家においでになっても、お心だけは外へ行っていては私も苦しゅうございます。よそにいらっしってもこちらのことを思いやっていてさえくだされば私の氷《こお》った涙も解けるでしょう」

夫人は柔らかに言っていた。火入れを持って来させて夫人は良人《おっと》の外出の衣服に香を焚《た》きしめさせていた。夫人自身は構わない着ふるした衣服を着て、ほっそりとした弱々しい姿で、気のめいるふうにすわっているのをながめて、大将は心苦しく思った。目の泣きはらされているのだけは醜いのを、愛している良人の心にはそれも悪いとは思えないのである。長い年月の間二人だけが愛し合ってきたのであると思うと、新しい妻に傾倒してしまった自分は軽薄な男であると、大将は反省をしながらも、行って逢《あ》おうとする新しい妻を思う興奮はどうすることもできない。心にもない歎息《たんそく》をしながら、着がえをして、なお小さい火入れを袖《そで》の中へ入れて香《におい》をしめていた。ちょうどよいほどに着なれた衣服に身を装うた大将は、源氏の美貌《びぼう》の前にこそ光はないが、くっきりとした男性的な顔は、平凡な階級の男の顔ではなかった。貴族らしい風采《ふうさい》である。侍所《さむらいどころ》に集っている人たちが、

「ちょっと雪もやんだようだ。もうおそかろう」

などと言って、さすがに真正面から促すのでなく、主人《あるじ》の注意を引こうとするようなことを言う声が聞こえた。中将の君や木工《もく》［いずれも髭黒の侍女］などは、

「悲しいことになってしまいましたね」

などと話して、歎《なげ》きながら皆床にはいっていたが、夫人は静かにしていて、可憐なふうに身体《からだ》を横たえたかと見るうちに、起き上がって、大きな衣服のあぶり籠《かご》の下に置かれてあった火入れを手につかんで、良人の後ろに寄り、それを投げかけた。人が見とがめる間も何もないほどの瞬間のことであった。大将はこうした目にあってただあきれていた。細かな灰が目にも鼻にもはいって何もわからなくなっていた。やがて払い捨てたが、部屋じゅうにもうもうと灰が立っていたから大将は衣服も脱いでしまった。正気でこんなことをする夫人であったら、だれも顧みる者はないであろうが、いつもの物怪《もののけ》が夫人を憎ませようとしていることであるから、夫人は気の毒であると女房らも見ていた。皆が大騒ぎをして大将に着がえをさせたりしたが、灰が髪などにもたくさん降りかかって、どこもかしこも灰になった気がするので、きれいな六条院へこのままで行けるわけのものではなかった。大将は爪弾《つまはじ》きがされて、妻に対する憎悪《ぞうお》の念ばかりが心につのった。先刻愛を感じていた気持ちなどは跡かたもなくなったが、現在は荒だてるのに都合のよろしくない時である。どんな悪い影響が自分の新しい幸福の上に現われてくるかもしれないと、大将は夫人に腹をたてながらも、もう夜中であったが僧などを招いて加《か》持《じ》をさせたりしていた。

光源氏、栄華を極める（藤のうら葉）

明石君は娘を紫上へ養女に出して以降、離れて暮らしていた。しかし、娘が東宮の妃となり、紫上はその後見人として明石君を推薦した。ここに八年にわたった母娘の別居が終わりを告げた。さらにこの「藤のうら葉」の巻において源氏は准太上天皇の待遇を受けることとなり、その栄華は絶頂を迎える。

一

姫君［明石姫君］が東宮へ上がった時に母として始終紫の女王《にょおう》がついて行っていねばならないはずであるが、女王はそれに堪えまい、これを機会に明石《あかし》を姫君につけておくことにしようかと源氏は思った。紫夫人も、それが自然なことで、いずれそうした日のなければならない母と子が今のように引き分けられていることを明石夫人は悲しんでいるであろうし、姫君も幼年時代とは違ってもう今はそのことを飽き足らぬことと悲しんでいるであろう、双方から一人の自分が恨まれることは苦しいと思うようになった。

「この機会に真実のお母様をつけておあげなさいませ。まだ小さいのですから心配でなりませんのに、女房たちといっても若い人が多いのでございますからね。また乳母《めのと》たちといっても、ああした人たちの周到さには限度があるのですものね、母がいなければと思いますが、私がそうずっとつききっていられないあいだあいだはあの方がいてくだすったら安心ができると思います」

と女王は良人《おっと》に言った。源氏は自身の心持ちと夫人の言葉とが一致したことを喜んで、明石へその話をした。明石は非常にうれしく思い、長い間の願いの実現される気がして、自身の女房たちの衣裳《いしょう》その他の用意を、紫夫人のするのに劣らず派手《はで》に仕度《したく》し始めた。姫君の祖母の尼君は姫君の出世をどこまでも観望したいと願っていた。そしてもう一度だけ顔を見たいと思う心から生き続けているのを、明石は哀れに思っていた。その機会だけは得られまいと思うからである。最初は紫夫人が付き添って行った。紫夫人には輦車《れんしゃ》も許されるであろうが、自身には御所のある場所を歩いて行かねばならない不体裁のあることなども、明石は自身のために歎《なげ》かずに源氏夫婦が磨《みが》きたてて太子に奉る姫君に、自分という生母のあることが玉の瑕《きず》と見られるに違いないと心苦しがっていた。姫君が上がる式に人目を驚かすような華奢《かしゃ》はしたくないと源氏は質素にしたつもりであったが、やはり並み並みのこととは見えなかった。限りもなく美しく姫君を仕立てて、紫夫人は真心からかわいくながめながらも、これを生母に譲らねばならぬようなことがなくて、真実の子として持ちたかったという気がした。源氏も宰相中将［夕霧］

もこの一点だけを飽き足らず思った。

二

三日たって紫の女王は退出するのであったが、代わるために明石が御所へ来た。そして東宮の御息所《みやすどころ》の桐壺《きりつぼ》の曹司《ぞうし》で二夫人ははじめて面会したのである。

「こんなに大人らしくおなりになった方で、私たちは長い以前からの知り合いであることが証明されるのですから、もう他人らしい遠慮はしないでおきたいと思います」

となつかしいふうに紫夫人は言って、いろいろな話をした。これが初めで二夫人の友情は堅く結ばれていくであろうと思われた。明石のものを言う様子などに、あれだけにも源氏の愛を惹《ひ》く力のあるのは道理である、すばらしい人であると夫人にはうなずかれるところがあった。今が盛りの気高《けだか》い貴女と見える女王〔紫上〕の美に明石は驚いていて、たくさんな女性の中で最も源氏から愛されて、第一夫人の栄誉を与えているのは道理のあることであると思ったが、同時に、この人と並ぶ夫人の地位を得ている自分の運命も悪いものでないという自信も持てたのであったが、入り代わって帰る女王はことさらはなばなしい人に付き添われ、輦車も許されて出て行く様子などは陛下の女御の勢いに変わらないのを見ては、さすがに溜息《ためいき》もつかれた。

きれいな姫君を夢の中のような気持ちでながめながらも明石の涙はとまらなかった。しかしこれはうれしい涙であった。今までいろいろな場合に悲観して死にたい気のした命も、もっともっと長く生きねばならぬと思うような、朗らかな気分になることができて、いっさいが住吉《すみよし》の神の恩恵であると感謝されるのであった。理想的な教養が与えられてあって、足りない点などは何もないと見える姫君は、絶大な勢力のある源氏を父としているほかに、すぐれた麗質も備えていることで、若くいらせられる東宮ではあるがこの人を最も御愛寵《あいちょう》あそばされた。東宮に侍している他の御息所《みやすどころ》付きの女房などは、源氏の正夫人でない生母［明石君］が付き添っていることをこの御息所［明石姫君］の瑕《きず》のように噂《うわさ》するのであるが、それに影響されるようなことは何もなかった。はなやかな空気が桐壺《きりつぼ》に作られて、芸術的なにおいをこの曹司で嗅《か》ぎうることを喜んで、殿上役人などもおもしろい遊び場と思い、ここのすぐれた女房を恋の対象にしてよく来るようになった。女房たちのとりなし、人への態度も洗練されたものであった。紫夫人も何かのおりには出て来た。それで明石との間がおいおい打ち解けていった。しかも明石はなれなれしさの過ぎるほどにも出過ぎたことなどはせず、紫夫人はまた相手を軽蔑《けいべつ》するようなことは少しもせずに怪しいほど雅致《がち》のある友情が聡明《そうめい》な二女性の間にかわされていた。源氏も、もう長くもいられないように思う自身の生きている間に、姫君を東宮へ奉りたいと思っていたことが、予期以上に都合よく実現されたし、それは彼自身に考えのあってのことではあるが、配偶者のない、たよりない男と見えた宰相中将も結婚して幸福になったことに安心して、もう出家をしてもよい時が来たと思われるのであった。紫夫人は気がかりであるが、養女の中宮［明石姫君］がおいでになるから、何よりもそれが確かな寄りかかりである、また、姫君のためにも形式上の母は女王のほかにないわけであるから、仕えるのに誠意を持つことであろうからと源氏は思っているのであった。

三

その秋三十九歳で源氏は準太上天皇《じゅんだじょうてんのう》の位をお得になった。官から支給されておいでになる物が多くなり、年官年爵の特権数がおふえになったのである。それでなくても自由でないことは何一つないのでおありになったが、古例どおりに院司［院庁の役人］などが、それぞれ任命されて、しかもどの場合の院付きの役人よりも有為な、勢いのある人々が選ばれたのであった。こんなことになって心安く御所へ行くことのおできにならないことになったのを六条院［光源氏］は物足らずお思いになった。この御処置をあそばしてもまだ帝［冷泉帝］は不満足に思召《おぼしめ》され、世間をはばかるために位をお譲りになることのできぬことを朝夕お歎《なげ》きになった。

内大臣［もとの頭中将］が太政大臣になって、宰相中将［夕霧］は中納言になった。任官の礼廻りをするために出かける中納言はいっそう光彩の添うた気がして、身のとりなし、容貌《ようぼう》の美に欠けた点のないのを、舅《しゅうと》の大臣［もとの頭中将］は見て、後宮の競争に負けた形になっているような宮仕えをさせるよりも、こうした婿をとるほうがよいことであるという気になった。

女三宮の降嫁（若菜上）

臣下として絶頂を極めた六条院こと光源氏。他方、兄の朱雀院は病に侵され、出家を考えていた。愛娘・女三宮の行く末を思い悩んだ朱雀院は、光源氏の妻とすることを思いつく。それが光源氏凋落の最初の一歩となる。

一

あの六条院の行幸《みゆき》［冷泉帝、朱雀院が六条院を訪れたこと］のあった直後から朱雀《すざく》院の帝《みかど》は御病気になっておいでになった。平生から御病身な方ではあったが、今度の病におなりになってからは非常に心細く前途を思召《おぼしめ》すのであった。

「私はもうずっと以前から信仰生活にはいりたかったのだが、太后がおいでになる間は自身の感情のおもむくままなことができないで今日に及んだのだが、これも仏の御催促なのか、もう余命のいくばくもないことばかりが思われてならない」

などと仰せになって、御出家をあそばされる場合の用意をしておいでになった。皇子は東宮のほかに女宮様がただけが四人おいでになった。その中で藤壺《ふじつぼ》の女御《にょご》と以前言われていたのは三代前の帝の皇女で源《みなもと》姓《せい》を得た人であるが、院がまだ東宮でいらせられた時代から侍していて、后《きさき》の位にも上ってよい人であったが、たいした後援をする人たちもなく、母方といっても無勢力で、更衣《こうい》から生まれた人だったから、競争のはげしい後宮の生活もこの人には苦しそうであって、一方では皇太后が尚侍《ないしのかみ》をお入れになって、第一人者の位置をそれ以外の人に与えまいという強い援助をなされたのであったから、帝［朱雀院］も御心《みこころ》の中では愍然《びんぜん》に思召しながら后に擬してお考えになることもなく、しかもお若くて御退位をあそばされたあとでは、藤壺の女御にもう光明の夢を作らせる日もなくて、女御は悲観をしたままで病気になり薨去《こうきょ》したが、その人のお生みした女三《にょさん》の宮《みや》を御子《みこ》の中のだれよりも院はお愛しになった。このころは十三、四でいらせられる。世の中を捨てて山寺へはいったあとに、残された内親王はだれをたよりに暮らすかと思召されることが院の第一の御苦痛であった。西山に御堂《みどう》の御建築ができて、お移りになる用意をあそばしながらも、一方では女三の宮の裳着《もぎ》の挙式の仕度《したく》をさせておいでになった。貴重な多くの御財産、美術の価値のあるお品々などはもとより、楽器や遊戯の具などもも名品に近いような物は皆この宮へお譲りになって、その他の御財産、お道具類を他の宮がたへ御分配あそばされた。

二

「女の子を幾人も残して行くことが気がかりです。その中で母も添っていない子で、だれに託しておけばよいかわからぬような子のために最も私は苦悶《くもん》しています」

と、仰せになった。正面からその問題をお出しにもならない御様子をお気の毒に六条院は思召《おぼしめ》された。お心の中でもその宮についていささかの好奇心も動いているのであるから、冷ややかにこのお話を聞き流しておしまいになることができないのであった。

「ごもっともです。普通の家の娘以上に内親王のお後ろだてのないのは心細いものでございます。ごりっぱな儲君《ちょくん》として天下の輿望《よぼう》を負うておいでになる東宮もおいでになるのでございますから、あなた様から特にお心がかりに思召す方のことをお話にさえあそばされておけば、一事でもおろそかにあそばさないはずで、何も将来のことをそう御心配になることはなかろうと申しますものの、即位をなさいました場合にも天子は公の君ですから政《まつりごと》はお心のままになりましても、個人として女の御兄弟に親身のお世話をなされ、内親王が特別な御庇護をお受けになることはむずかしいでしょう。女の方のためにはやはり御結婚をなすって、離れることのできない関係による男の助力をお得になるのが安全な道と思われますが、御信仰にもさわるほどの御心配が残るのでございましたら、ひそかに婿君を御選定しておかれましてはと存じます」

「私もそうは思うのですが、それもまたなかなか困難なことですよ。昔の例を思ってもその時の天子の内親王がたにも配偶者をお選びになって結婚をおさせになることも多かったのですから、まして私のように出家までもする凋落《ちょうらく》に傾いた者の子の配偶者はむずかしい。資格をしいて言いませんが、またどうでもよいとすべてを言ってしまうこともできなくて煩悶《はんもん》ばかりを多くして、病気はいよいよ重るばかりだし、取り返せぬ月日もどんどんたっていくのですから気が気でもない。お気の毒な頼みですが、幼い内親王を一人、特別な御好意で預かってくださって、だれでもあなたの鑑識にかなった人と縁組みをさせていただきたいと私はそのことをお話ししたかったのです。権中納言［夕霧］などの独身時代にその話を持ち出せばよかったなどと思うのです。太政大臣［もとの頭中将］に先《せん》を越されてうらやましく思われます」

と朱雀《すざく》院は仰せられた。

「中納言［夕霧］はまじめで忠良な良人《おっと》になりうるでしょうが、まだ位なども足りない若さですから、広く思いやりのある姫宮［女三宮］の御補佐としては役だちませんでしょう。失礼でございますが、私が深く愛してお世話を申し上げますれば、あなた様のお手もとにおられますのとたいした変化もなく平和なお気持ちでお暮らしになることができるであろうと存じますが、ただそれはこの年齢の私でございますから、中途でお別れすることになろうという懸念が大きいのでございます」

こうお言いになって、六条院は女三《にょさん》の宮《みや》との御結婚をお引き受けになったのであった。

三

三日の間は続いてそちらへおいでになるのを、今日までそうしたことに馴《な》れぬ女王［紫上］であったから、忍ぼうとしても底から底から寂しさばかりが湧《わ》いてきた。新婚時代の新郎の衣服として宮のほうへおいでになる院のお召し物へ女房に命じて薫香《たきもの》をたきしめさせながら、自身は物思いにとらわれている様子が非常に美しく感ぜられた。何事があっても自分はもう一人の妻を持つべきではなかったのである。この問題だけを謝絶しきれずに締まりがなく受け入れた自分の弱さからこんな悲しい思いをすることにもなったと、院は御自身の心が恨めしくばかりおなりになって、涙ぐんで、

「もう一晩だけは世間並みの義理を私に立てさせてやると思って、行くのを許してください。今日からあとに続けてあちらへばかり行くようなことをする私であったなら、私自身がまず自身を軽蔑《けいべつ》するでしょうね。しかしまた院がどうお思いになることだか」

と、お言いになりながら煩悶《はんもん》をされる様子がお気の毒であった。夫人［紫上］は少し微笑をして、

「それ御覧なさいませ。御自身のお心だってお決まりにならないのでしょう。ですもの、道理

のあるのが強味ともいっておられませんわ」

絶望的にこう女王に言われては、恥ずかしくさえ院はお思われになって、頰杖《ほおづえ》を突きながらうっとりと横になっておいでになった。紫の女王は硯《すずり》を引き寄せて無駄《むだ》書きを始めていた。

目に近くうつれば変はる世の中を行く末遠く頼みけるかな

と書き、またそうした意味の古歌なども書かれていく紙を、院は手に取ってお読みになり夫人の気持ちをお憐《あわれ》みになった。

命こそ絶ゆとも絶えめ定めなき世の常ならぬ中の契りを

こんな歌を書いて、急に立って行こうともされないのを見て、夫人が、

「おそくなっては済みませんことですよ」

と催促したのを機会に、柔らかな直衣《のうし》の、艶《えん》に薫香《たきもの》の香をしませたものに着かえて院が出てお行きになるのを見ている女王の心は平静でありえまいと思われた。これまでにさらに新婦を得ようとされるらしい気《け》ぶりはあっても、いよいよことが進行しそうな時に反省しておしまいになる院でおありになったから、ただもう何でもなく順調に幸福が続いていくとばかり信じていた末に、世間のものにも自分の位置をあやぶませるようなことが湧《わ》いてきた。永久に不変なものなどはないこうしたこの世ではまたどんな運命に自分は遭遇するかもしれないと女王は思うようになった。表面にこの動揺した気持ちは見せないのであるが、女房たちも、

「意外なことになるものですね。ほかの奥様がたはおいでになってもこちらの奥様の競争者などという自信を持つ方もなくて、御遠慮をしていらっしゃるから無事だったのですが、こんなふうにこの奥様をすら眼中にお置きあそばさないような方が出ていらっしってはどうなることでしょう。だれよりも優越性のある方に劣等者の役はお勤まりにはならないでしょう。そしてまたあちらから申せば、何でもないことに神経をおたかぶらせになるようなこともないとは言われませんから、そこで苦しい争闘が起こって奥様は御苦労をなさるでしょうね」

などと語って歎《なげ》いているのであったが、少しも気にせぬふうで、機嫌《きげん》よく夫人は皆と話をして夜がふけるまで座敷に出ていたが、女房たちの中にあるそうした空気が外へ知れては醜いように思って言った。

「院には何人もの女性が侍しておられるのだけれど、理想的な御配偶とお認めになるはなやかな身分の人はないとお思いになって、物足らず思召していらっしゃったのだから、宮様がおいでになってこれで完全になったのよ。私はまだ子供の気持ちがなくなっていないと見えて、いっしょに遊んで楽しく暮らしたくばかり思っているのに、皆が私の気持ちを忖度《そんたく》して面倒な関係にしてしまわないかと心配よ。自分と同じほどの人とか、もっと下の人とかには、あの人が自分より多く愛されることは不愉快だというような気持ちは自然起こるものだけれど、あちらは高貴な方で、お気の毒な事情でこうしておいでになったのだから、その方に悪くお思われしたくないと私は努めているのよ」

中将とか中務《なかつかさ》とかいう女房は目を見合わせて、

「あまりに思いやりがおありになり過ぎるようね」

ともひそかに言っていた。この人たちは若いころに院の御愛人であったが、須磨《すま》へおいでになった留守中から夫人付きになっていて、皆女王を愛していた。他の夫人の中には、どんなお気持ちがなさることでしょう、愛されない者のあきらめが平生からできている自分らとは違っておいでになったのであるからという意味の慰問をする人もあるので、女王はそんな同情をされることがかえって自分には苦痛になる。無常のこの世にいてそう夫婦愛に執着している自分でもないものと思っていた。あまりに長く寝ずにいるのも人が異様に思うであろうと我と心にとがめられて、帳台へはいると、女房は夜着を掛けてくれた。人から憐《あわれ》まれているとおりに確かに自分は寂しい、自分の嘗《な》めているものは苦《にが》いほかの味のあるものではないと夫人は思ったが、須磨《すま》へ源氏の君の行ったころを思い出して遠くに隔たっていようとも同じ世界に生きておいでになることで心を慰めようとそのころはした、自分がどんなにみじめであるかは心で問題にせず源氏の君のせめて健在でいることだけを喜んだではないか、その時の悲しみがもとで源氏の君なり自分なりが死んでいたとしたら、それからのち今日までの幸福は享《う》けられなかったのであるともまた思い直されもするのであった。外には風の吹いている夜の冷えで急には眠れない。近くに寝ている女房が寝返りの音を聞いて気をもむことがあるかもしれぬと思うことで、床の中でじっとしているのもまた女王に苦しいことであった。一番鶏《どり》の声も身に沁《し》んで聞かれた。

果された宿願（若菜上）

源氏は四十歳となって、賀宴が行われた。翌春の三月、明石女御（明石姫君）は東宮の皇子を産んだ。これを聞いた明石入道は長い手紙を娘にしたためて、山奥深く姿を消す。

一

入道はいよいよ明石を立つ時に、娘の明石夫人へ手紙を書いた。

この幾年間はあなたと同じ世界にいながらすでに他界で生存するもののような気持ちでたいしたことのない限りはおたよりを聞こうともしませんでした。仮名書きの物を読むのは目に時間がかかり、念仏を怠ることになり、無益《むやく》であるとしたのです。またこちらのたよりもあげませんでしたが、承ると姫君が東宮の後宮へはいられ、そして男宮をお生み申されたそうで、私は深くおよろこびを申し上げる。その理由はみじめな僧の身で今さら名利を思うのではありません。過去の私は恩愛の念から離れることができず、六時の勤行をいたしながらも、仏に願うことはただあなたに関することで、自身の浄土往生の願いは第二にしていましたが、初めから言えば、あなたが生まれてくる年の二月の某日の夜の夢に、こんなことを見たのです、私自身は須弥山《しゅみせん》［仏教世界の聖なる高山］を右の手にささげているのです。その山の左右から月と日の光がさしてあたりを照らしています。私には山の陰《かげ》が落ちて光のさしてくることはないのです。私はその山を広い海の上に浮かべて置いて、自身は小さい船に乗って西のほうをさして行くので終わったのです。その夢のさめた朝から私の心にはある自信ができたのですが、何によってそうした夢に象徴されたような幸福に近づきうるかという見当がつかなかったところ、ちょうどそのころから母の胎に妊《はら》まれたのがあなたです。普通の書物にも仏典にも夢を信じてよいことが多く書かれてありますから、無力な親でいてあなたをたいせつなものにして育てていましたが、そのために物質的に不足なことのないようにと京の生活をやめて地方官の中へはいったのです。ここでまた私の身の上に悪いことが起こり、しまいに土着して出家の人になり、あなたは姫君をお生みになったそのころのことは知っておいでになるとおりです。その時代に私は多くの願を立てていましたが、皆神仏のお容《い》れになることになり、あなたは幸福な人になられました。姫君［明石姫君］が国の母の御位《みくらい》をお占めになった暁には住吉《すみよし》の神をはじめとして仏様への願果たしをなさるようにと申しておきます。

私の大願がかなった今では、はるかに西方の十万億の道を隔てた世界の、九階級の中の上の仏の座が得られることも信じられます。今から蓮華《れんげ》をお持ちになる迎えの仏にお逢《あ》いする夕べまでを私は水草の清い山にはいってお勤めをしています。

光いでん暁近くなりにけり今ぞ見しよの夢語りする

そして日づけがある。またあとへ、

私の命の終わる月日もお知りになる必要はありません。人が古い習慣で親のために着る喪服などもあなたはお着けにならないでお置きなさい。人間の私の子ではなく、別な生命《いのち》を受けているものとお思いになって、私のためにはただ人の功徳《くどく》になることをなさればよろしい。この世の愉楽をわが物としておいでになる時にも後世《ごせ》のことを忘れぬようになさい。私の志す世界へ行っておれば必ずまた逢うことができるのです。娑婆《しゃば》のかなたの岸も再会の得られる期の現われてくることを思っておいでなさい。

こう書いて終わってあった。また入道が住吉の社《やしろ》へ奉った多くの願文を集めて入れた沈《じん》の木の箱の封じものも添えてあった。

二

尼君［明石尼君］への手紙は細かなことは言わずに、ただ、この月の十四日に今までの家を離れて深山《みやま》へはいります。つまらぬわが身を熊狼《くまおおかみ》に施します。あなたはなお生きていて幸いの花の美しく咲く日におあいなさい。光明の中の世界でまた逢いましょう。

と書かれただけのものであった。読んだあとで尼君は使いの僧に入道のことを聞いた。

「お手紙をお書きになりましてから三日めに庵《いおり》を結んでおかれました奥山へお移りになったのでございます。私どもはお見送りに山の麓《ふもと》へまで参ったのですが、そこから皆をお帰しになりまして、あちらへは僧を一人と少年を一人だけお供にしてお行きになりました。御出家をなさいました時を悲しみの終わりかと思いましたが、悲しいことはそれで済まなかったのでございます。以前から仏勤めをなさいますひまひまに、お身体《からだ》を楽になさいましてはお弾《ひ》きになりました琴《きん》と琵琶《びわ》を持ってよこさせになりまして、仏前でお暇乞《いとまご》いにお弾きになりましたあとで、楽器を御堂《みどう》へ寄進されました。そのほかのいろいろな物も御堂へ御寄付なさいまして、余りの分をお弟子《でし》の六十幾人、それは親しくお仕えした人数ですが、それへお分けになり、なお残りました分を京の御財産へおつけになりました。いっさいをこんなふうに清算なさいまして深山《みやま》の雲霞《くもかすみ》の中に紛れておはいりになりましたあとのわれわれ弟子どもはどんなに悲しんでいるかしれません」

と播磨《はりま》の僧は言った。これも少年侍として京からついて行った者で、今は老法師で主に取り残された悲哀を顔に見せている。仏の御弟子で堅い信仰を持ちながらこの人さえ主を失った歎《なげ》きから脱しうることができないのであるから、まして尼君の歎きは並み並みのことでなかった。

明石《あかし》夫人はたいてい南の町のほうへばかり行っていたが、明石の使いが入道の手紙をもたらしたことを尼君が報らせて来たため、そっと北の町へ帰って来た。この人は自重していて少しのことによって軽々しく往来《ゆきき》することはしないのであるが、悲しいたよりがあったというので忍びやかに出て来たのである。見ると尼君は非常に悲しいふうをしてすわっていた。燈《ともしび》を近くへ寄せさせて夫人は手紙を読んでみると、自身からもとどめがたい涙が流れた。他人にとっては何でもないことも子としては忘れがたい思い出になる昔のことが多くて、常に恋しくばかり思われた父は、こうして自分たちから永久に去ったのかと思うと、どうしようもない深い悲しみに落ちるばかりであった。この夢の話によって、自分に不相応な未来を期待して、人並みの幸福を受けさせずに苦しめる父であるようにある時代の自分が恨んだのも、一つの夢を頼みにした父であったからであると、はじめて理解のできた気もした。少したって尼君は、

「あなたがあったために輝かしい光栄にも私は浴していますが、またあなたのためにどれほどの苦労を心でしたことか。たいしたことのない家の子ではあっても、生まれた京を捨てて田舎《いなか》へ行ったころも不運な私だと思われましたがね。あとになって生きながら別れなければならぬとは予想せずに、同じ蓮華《れんげ》の上へ生まれて行く時まで変わらぬ夫婦でいようとも互いに思って、

愛の生活には満足して年月を送ったのですが、にわかにあなたの境遇が変わって、私もそれといっしょに捨てた世の中へ帰り、あなたがたが幸福に恵まれるのを目に見ては喜びながらも、一方では別れ別れになっている寂しさ、たよりなさを常に思って悲しんでいましたが、とうとう遠く隔たったままでお別れしてしまったのが残念に思われます。若い時代のあの方も人並みな処世法はおとりにならずに、風変わりな人だったが、縁あって若い時から愛し合った二人の中には深い信頼があったものですよ。どうしてこの世の中でいながら逢《あ》うことのできない所へあの方は行っておしまいなすったのだろう」

と言って泣いた。夫人［明石君］も非常に泣いた。

「こうお言いになっても、すばらしい将来などというものが私にあるものですか。価値《ねうち》のない私がどうなりうるものでもないのですから、私を愛してくだすったお父様にお目にかかることもできずにいるこの悲しみにそれは代えられるほどのものと思われませんが、私たちは幸福な姫君をこの世にあらしめるために、悲しい思いも科せられているものと思うよりほかはありません。そんなふうにして山へおはいりになっては、無常のこの世ですもの、知らぬまにおかくれになるようなことになっては悲しゅうございますね」

とも言い、夜通し尼君と入道の話をしていた。

「昨日は私のあちらにいますのを院［光源氏］が見ていらっしゃったのですから、にわかに消えたようにこちらへ来ていましては、軽率に思召《おぼしめ》すでしょう。私自身のためにはどうでもよろしゅうございますが、姫君に累を及ぼすのがおかわいそうで自由な行動ができませんから」

こう言って夫人は夜明けに南の町へ行くのであった。

「若宮［東宮と明石姫君との間の第一皇子］はいかがでいらっしゃいますか。お目にかかることはできないものですかね」

このことでも尼君は泣いた。

「そのうち拝見ができますすよ。姫君もあなたを愛しておいでになって、時々あなたのことをお話しになりますよ。院もよく何かの時に、自分らの希望が実現されていくものなら、そんなことを不安に思っては済まないが、なるべくは尼君を生きさせておいてみせたいと仰せになりますよ。御希望とはどんなことでしょう」

と夫人が言うと、尼君は急に笑顔《えがお》になって、

「だから私達の運命というものは常識で考えられない珍しいものなのですよ」

とよろこぶ。手紙の箱を女房に持たせて明石は淑景舎《しげいしゃ》の方《かた》の所へ帰った。

三

「何の箱ですか。恋する男が長い歌を詠《よ》んで封じて来たもののような気がする」

院がこうお言いになると、

「いやな御想像でございますね。御自身がお若返りになりましたので、私どもさえまで承ったこともないような御冗談をこのごろは伺います」

と明石は言って微笑を見せていたが、悲しそうな様子は瞭然《りょうぜん》とわかるのであったから、不思議にお思いになるふうのあるのに困って、明石が言った。

「あの明石の岩窟《いわや》から、そっとよこしました経巻とか、まだお酬《むく》いのできておりません願文の残りとかなのでございますが、姫君にも昔のことをお話しする時があれば、これもお目にかけたらどうかと申してもまいっているのでございますが、ただ今はまだそうしたものを御覧なさいます時期でもないのでございますから、お手をおつけになりません」

お聞きになって、娘と母に悲しい表情の見えるのももっともであるとお思いになった。

「あれ以後ますます深い信仰の道を歩んでおいでになることであろう。長命をされて長い間のお勤めが仏にできたのだから結構だね。世間で有名になっている高僧という者もよく観察してみると、俗臭のない者は少なくて、賢い点には尊敬の念も払われるが、私には飽き足らず思われる所がある、あの人だけはりっぱな僧だと私にも思われる。僧がらずにいながら、心持ちはこの世界以上の世界と交渉しているふうに見えた人ですよ。今ではましてて係累もなくなって、超然としておられるだろうあの人が想像される。手軽な身分であればそっと行って逢《あ》いたい人だ」

　院はこうお言いになった。

「ただ今はもうあの家も捨てまして、鳥の声もせぬ山へはいったそうでございます」

「ではその際に書き残されたものなのだね。あなたからもたよりはしていますか。尼さんはどんなに悲しんでおいでになるだろう。親子の仲とはまた違った深い愛情が夫婦の仲にはあるものだからね」

　院も涙ぐんでおいでになった。

「あれからのちいろいろな経験をし、いろいろな種類の人にも逢《あ》ったが、昔のあの人ほど心を惹《ひ》く人物はなくて、私にも恋しく思われる人なのだから、そんなことがあれば夫婦であった尼君の心はいたむことだろう」

　ともお言いになる院に、入道の夢の話をお思い合わせになることがあろうもしれぬと明石夫人はその手紙を取り出した。

「変わった梵字《ぼんじ》とか申すような字はこれに似ておりますが読みにくい字で書かれましたものでも御参考になることが混じっているようでございますからお目にかけます。昔の別れにももう今日のあることを申しておりまして、あきらめたつもりでおりましても、やはりまた悲しゅうございます」

と言い、感じの悪くない程度に泣いた。院は手にお取りになって、

「りっぱじゃありませんか。老いぼけてなどいないいい字だ。どんな芸にも達しておられて、尊敬さるべき人なのだが、処世の術だけはうまくゆかなかった人だね。あの人の祖父の大臣は賢明な政治家だったのが、ある一つのことで失敗をされたために、その報いで子孫が栄えないなどと言う人もあったが、女系をもってすれば繁栄でないとは言われなくなったのも、あの人の信仰が御仏《みほとけ》を動かしたといってよいことですね」

などと言い、涙をぬぐいながら読んでおいでになったが、夢の話の所はことに院の御注意を惹《ひ》いた。常人の行ないができずに、むやみに思い上がった望みを持つ男であると人の批難を受け、自分なども非常識に狂気じみて結婚を強要する人だと疑って思っていたことも、姫君が生まれてきたことで、前生の因縁がかくあった間柄であると認めたのであるが、なおそれ以外の未来にどんな望みを入道が持っているかは知らずにいたが、これで見れば初めから君王の母がその家から出る確信があったらしい。冤罪《えんざい》を蒙《こうむ》って漂泊してまわる運命を自分が負ったことも、この姫君が明石で生まれるためなのであった。神仏にかけた願はどんなものであったのであろうと、心で拝をなされながらその箱を院はお取りになった。

「これといっしょにあなたに見せておきたいものもありますから、またそのうち私からもお話しすることにしよう」

と院は姫君へお言いになった。

柏木の罪と死（若菜上〜柏木）

三月末、六条院に若い公達が集まって蹴鞠を楽しんだ。衛門督（柏木。もとの頭中将の長男）は更衣腹の朱雀院女二宮（落葉宮）を妻にしていたが、高貴な生まれの女三宮になお執心していた。

一

趣のある庭の木立ちのかすんだ中に花の木が多く、若葉の梢《こずえ》はまだ少ない。遊び気分の多いものであって、鞠の上げようのよし悪しを競って、われ劣らじとする人ばかりであったが、本気でもなく出て混じった衛門督《えもんのかみ》の足もとに及ぶ者はなかった。顔がきれいで風采の艶《えん》なこの人は十分身の取りなしに注意して鞠を蹴り出すのであったが、自然にその姿の乱れるのも美しかった。正面の階段《きざはし》の前にあたった桜の木蔭で、だれも花のことなどは忘れて競技に熱中しているのを、院［光源氏］も兵部卿の宮［蛍宮］も隅《すみ》の所の欄干によりかかって見ておいでになった。それぞれ特長のある巧みさを見せて勝負はなお進んでいったから、高官たちまでも今日はたしなみを正しくしてはおられぬように、冠の額を少し上へ押し上げたりなどしていた。大将［夕霧］も官位の上でいえば軽率なふるまいをすることになるが、目で見た感じはだれよりも若く美しくて、桜の色の直衣《のうし》の少し柔らかに着馴《な》らされたのをつけて、指貫《さしぬき》の裾《すそ》のふくらんだのを少し引き上げた姿は軽々しい形態でなかった。雪のような落花が散りかかるのを見上げて、萎《しお》れた枝を少し手に折った大将は、階段《きざはし》の中ほどへすわって休息をした。衛門督が続いて休みに来ながら、

「桜があまり散り過ぎますよ。桜だけは避けたらいいでしょうね」

などと言って歩いているこの人は姫宮のお座敷を見ぬように見ていると、そこには落ち着きのない若い女房たちが、あちらこちらの御簾《みす》のきわによって、透き影に見えるのも、端のほうから見えるのも皆その人たちの派手《はで》な色の褄袖口《つまそでぐち》ばかりであった。暮れゆく春への手向けの幣《ぬさ》の袋かと見える。几帳《きちょう》などは横へ引きやられて、締まりなく人のいる気配《けはい》があまりにもよく外へ知れるのである。

支那《しな》産の猫《ねこ》の小さくかわいいのを、少し大きな猫があとから追って来て、にわかに御簾《みす》の下から出ようとする時、猫の勢いに怖《おそ》れて横へ寄り、後ろへ退《の》こうとする女房の衣《きぬ》ずれの音がやかましいほど外へ聞こえた。この猫はまだあまり人になつかないのであったのか、長い綱につながれていて、その綱が几帳の裾《すそ》などにもつれるのを、一所懸命に引いて逃げようとするため

に、御簾の横があらわに斜《はす》に上がったのを、すぐに直そうとする人がない。そこの柱の所にいた女房などもただあわてるだけでおじけ上がっている。几帳より少し奥の所に袿姿《うちぎすがた》で立っている人があった。階段のある正面から一つ西になった間《ま》の東の端であったから、あらわにその人の姿は外から見られた。紅梅襲《がさね》なのか、濃い色と淡《うす》い色をたくさん重ねて着たのがはなやかで、着物の裾は草紙の重なった端のように見えた。桜の色の厚織物の細長らしいものを表着《うわぎ》にしていた。裾まであざやかに黒い髪の毛は糸をよって掛けたようになびいて、その裾のきれいに切りそろえられてあるのが美しい。身丈に七、八寸余った長さである。着物の裾の重なりばかりが暈《かさ》高くて、その人は小柄なほっそりとした人らしい。この姿も髪のかかった横顔も非常に上品な美人であった。夕明りで見るのであるからこまごまとした所はわからなくて、後ろにはもう闇《やみ》が続いているようなのが飽き足らず思われた。鞠《まり》に夢中でいる若公達《わかきんだち》が桜の散るのにも頓着《とんちゃく》していぬふうな庭を見ることに身が入って、女房たちはまだ端の上がった御簾に気がつかないらしい。猫のあまりに鳴く声を聞いて、その人の見返った顔に余裕のある気持ちの見える佳人であるのを、衛門督は庭にいて発見したのである。大将は簾《すだれ》が上がって中の見えるのを片腹痛く思ったが、自身が直しに寄って行くのも軽率らしく思われることであったから、注意を与えるために咳《せき》払いをすると、立っていた人は静かに奥へはいった。そうはさせながら大将自身も美しい人の隠れてしまったのは物足らなかったのであるが、そのうち猫の綱は直されて御簾も下《お》りたのを見て、大将は思わず歎息《たんそく》の声を洩《も》らした。ましてその人に見入っていた衛門督の胸は何かでふさがれた気がして、あれはだれであろう、女房姿でない袿であったのによって思うのでなくて、人と混同すべくもない容姿から見当のほぼつく人を、なおだれであろうか確かに知りたく思った。素知らぬ顔を大将は作っていたが、自分の見た人を衛門督の目にも見ぬはずはないと思って、その貴女をお気の毒に思った。何ともしがたい恋しく苦しい心の慰めに、大将は猫を招き寄せて、抱き上げるとこの猫にはよい薫香《たきもの》の香が染《し》んでいて、かわいい声で鳴くのにもなんとなく見た人に似た感じがするというのも多情多感というものであろう。

二

「六条院の姫宮［女三宮］の御殿におりますのはよい猫でございます。珍しい顔でして感じがよろしいのでございます。私はちょっと拝見することができました」

こんなことを申し上げた。東宮は猫が非常にお好きであらせられるために、くわしくお尋ねになった。

「支那《しな》の猫でございまして、こちらの産のものとは変わっておりました。皆同じように思えば同じようなものでございますが、性質の優しい人馴《な》れた猫と申すものはよろしいものでございます」

こんなふうに宮がお心をお動かしになるようにばかり衛門督は申すのであった。

あとで東宮は淑景舎《しげいしゃ》の方《かた》の手から所望をおさせになったために、女三《にょさん》の宮《みや》から唐猫《からねこ》が献上された。噂《うわさ》されたとおりに美しい猫であると言って、東宮の御殿の人々はかわいがっているのであったが、衛門督は東宮は確かに興味をお持ちになってお取り寄せになりそうであると観察していたことであったから、猫のことを知りたく思って幾日かののちにまた参った。まだ子供であった時から朱雀《すざく》院が特別にお愛しになってお手もとでお使いになった衛門督であって、院が山の寺へおはいりになってからは東宮へもよく伺って敬意を表していた。琴など御教授をしながら、衛門督は、

「お猫がまたたくさんまいりましたね。どれでしょう、私の知人は」

と言いながらその猫を見つけた。非常に愛らしく思われて衛門督は手でなでていた。宮は、

「実際容貌《きりょう》のよい猫だね。けれど私には馴《な》つかないよ。人見知りをする猫なのだね。しかし、これまで私の飼っている猫だってたいしてこれには劣っていないよ」

とこの猫のことを仰せられた。

「猫は人を好ききらいなどあまりせぬものでございますが、しかし賢い猫にはそんな知恵があるかもしれません」

などと衛門督は申して、また、

「これ以上のがおそばに幾つもいるのでございましたら、これはしばらく私にお預からせください」

こんなお願いをした。心の中では愚かしい行為をするものであるという気もしているのである。

結局衛門督《えもんのかみ》は望みどおりに女三の宮の猫を得ることができて、夜などもそばへ寝させた。夜が明けると猫を愛撫《あいぶ》するのに時を費やす衛門督であった。人馴《な》つきの悪い猫も衛門督にはよく馴れて、どうかすると着物の裾《すそ》へまつわりに来たり、身体《からだ》をこの人に寄せて眠りに来たりするようになって、衛門督はこの猫を心からかわいがるようになった。物思いをしながら顔をながめ入っている横で、にょうにょうとかわいい声で鳴くのを撫《な》でながら、愛におごる小さき者よと衛門督はほほえまれた。

三

夕方になってから、

「宮［女三宮］がよくお弾《ひ》きになったお祝いを言ってあげよう」

と言って、院は寝殿へお出かけになった。自分があるために苦しんでいる人がほかにあることなどは念頭になくて、お若々しく宮は琴の稽古《けいこ》を夢中になってしておいでになった。

「もう琴は休ませておやりなさい。それに先生をよく歓待なさらなければならないでしょう。苦しい骨折りのかいがあって安心してよいできでしたよ」

と院はお言いになって、楽器は押しやって寝ておしまいになった。

対のほうでは寝殿泊まりのこうした晩の習慣《ならわし》で女王《にょおう》［紫上］は長く起きていて女房たちに小説を読ませて聞いたりしていた。人生を写した小説の中にも多情な男、幾人も恋人を作る人を相手に持って、絶えず煩悶《はんもん》する女が書かれてあっても、しまいには二人だけの落ち着いた生活が営まれることに皆なっているようであるが、自分はどうだろう、晩年になってまで一人の妻にはなれずにいるではないか、院のお言葉のように自分は運命に恵まれているのかもしれぬが、だれも最も堪えがたいこととする苦痛に一生付きまとわれていなければならぬのであろうか、情けないことであるなどと思い続けて、夫人［紫上］は夜がふけてから寝室へはいったのであるが、夜明け方から病になって、はなはだしく胸が痛んだ。女房が心配して院へ申し上げようと言っているのを、

「そんなことをしては済みませんよ」

と夫人はとめて、非常な苦痛を忍んで朝を待った。発熱までもして夫人の容体は悪いのであるが、院が早くお帰りにならないのをお促しすることもなしにいるうち、女御のほうから夫人へ手紙を持たせて来た使いに、病気のことを女房が伝えたために、驚いた女御から院へお知ら

せをしたために、胸を騒がせながら院が帰っておいでになると、夫人は苦しそうなふうで寝ていた。

「どんな気持ちですか」

とお言いになり、手を夜着の下に入れてごらんになると非常に夫人の身体《からだ》は熱い。昨日話し合われた厄年のことも思われて、院は恐ろしく思召されるのであった。粥《かゆ》などを作って持って来たが夫人は見ることすらもいやがった。院は終日病床にお付き添いになって看護をしておいでになった。

四

どうだろう、どうだろうと毎日のように衛門督から責めて来られる小侍従［女三宮の侍女］は困りながらしまいにある隙《すき》のある日を見つけて衛門督へ知らせてやった。督は喜びながら目だたぬふうを作って小侍従を訪《たず》ねて行った。衛門督自身もこの行動の正しくないことは知っているのであるが、物越しの御様子に触れては物思いがいっそうつのるはずの明日までは考えずに、ただほのかに宮のお召し物の褄先《つまさき》の重なりを見るにすぎなかったかつての春の夕べばかりを幻に見る心を慰めるためには、接近して行って自身の胸中をお伝えして、それからは一行の文《ふみ》のお返事を得ることにもなればというほどの考えで、宮が憐《あわれ》んでくださるかもしれぬというはかない希望をいだいている衛門督でしかなかった。これは四月十幾日のことである。明日は賀茂《かも》の斎院の御禊《みそぎ》のある日で、御姉妹《きょうだい》の斎院のために儀装車に乗せてお出しになる十二人の女房があって、その選にあたった若い女房とか、童女とかが、縫い物をしたり、化粧をしたりしている一方では、自身らどうしで明日の見物に出ようとする者もあって、仕度《したく》に大騒ぎをしていて、宮のお居間のほうにいる女房の少ない時で、おそばにいるはずの按察使《あぜち》の君［女三宮の女房］も時々通って来る源中将［系図不詳。按察使の恋人］が無理に部屋のほうへ呼び寄せたので、この小侍従だけがお付きしているのであった。よいおりであると思って、静かに小侍従はお帳台の中の東の端へ衛門督の席を作ってやった。これは乱暴な計らいである。宮は何心もなく寝ておいでになったのであるが、男が近づいて来た気配《けはい》をお感じになって、院がおいでになったのかとお思いになると、その男はかしこまった様子を見せて、帳台の床の上から宮を下へ抱きおろそうとしたから、夢の中でものに襲われているのかとお思いになって、しいてその者を見ようとあそばすと、それは男であるが院とは違った男であった。

五

これまで聞いたこともおありにならぬような話を、その男はくどくどと語った。宮は気味悪くお思いになって、女房をお呼びになったが、お居間にはだれもいなかったからお声を聞きつけて寄って来る者もない。宮はお慄《ふる》い出しになって、水のような冷たい汗もお身体《からだ》に流しておいでになる。失心したようなこの姿が非常に御可憐《かれん》であった。

「私はつまらぬ者ですが、それほどお憎まれするのが至当だとは思われません。昔からもったいない恋を私はいだいておりましたが、結局そのままにしておけば闇《やみ》の中で始末もできたのですが、あなた様をお望み申すことを発言いたしましたために、院のお耳にはいり、その際はもってのほかのこととも院は仰せられませんでした。それも私の地位の低さにあなた様を他へお渡しする結果になりました時、私の心に受けました打撃はどんなに大きかったでしょう。もうただ今になってはかいのないことを知っておりまして、こうした行動に出ますことは慎んでいたのですが、どれほどこの失恋の悲しみは私の心に深く食い入っていたのか、年月がたてばたつほど口惜《くちお》しく恨めしい思いがつのっていくばかりで、恐ろしいことも考えるようになりました。またあなた様を思う心もそれとともに深くなるばかりでございました。私はもう感情を抑制することができなくなりまして、こんな恥ずかしい姿であるまじい所へもまいりましたが、一方では非常に思いやりのないことを自責しているのですから、これ以上の無礼はいたしません」

こんな言葉をお聞きになることによって、宮は衛門督《えもんのかみ》であることをお悟りになった。非常に不愉快にお感じにもなったし、怖《おそ》ろしくもまた思召《おぼしめ》されもして少しのお返辞もあそばさない。

「あなた様がこうした冷ややかなお扱いをなさいますのはごもっともですが、しかしこんなことは世間に例のないことではないのでございますよ。あまりに御同情の欠けたふうをお見せになれば、私は情けなさに取り乱してどんなことをするかもしれません。かわいそうだとだけ言ってください。そのお言葉を聞いて私は立ち去ります」

とも、手を変え品を変え宮のお心を動かそうとして説く衛門督であった。想像しただけでは非常な尊厳さが御身を包んでいて、目前で恋の言葉などは申し上げられないもののように思われ、熱情の一端だけをお知らせし、その他の無礼を犯すことなどは思いも寄らぬことにしていた督であったにかかわらず、それほど高貴な女性とも思われない、たぐいもない柔らかさと可《か》憐《れん》な美しさがすべてであるような方を目に見てからは、衛門督の欲望はおさえられぬものになり、どこへでも宮を盗み出して行って夫婦になり、自分もそれとともに世間を捨てよう、世間から捨てられてもよいと思うようになった。

六

少し眠ったかと思うと衛門督は夢に自分の愛している猫《ねこ》の鳴いている声を聞いた。それは宮へお返ししようと思ってつれて来ていたのであったことを思い出して、よけいなことをしたものだと思った時に目がさめた。この時にはじめて衛門督は自身の行為を悟ったのである。が宮

はあさましい過失をして罪に堕《お》ちたことで悲しみにおぼれておいでになるのを見て、

「こうなりましたことによりましても、前生の縁がどんなに深かったかを悟ってくださいませ。私の犯した罪ですが、私自身も知らぬ力がさせたのです」

不意に猫が端を引き上げた御簾《みす》の中に宮のおいでになった春の夕べのことも衛門督《えもんのかみ》は言い出した。そんなことがこの悲しい罪に堕《お》ちる因をなしたのかと思召《おぼしめ》すと、宮は御自身の運命を悲しくばかり思召されるのであった。もう六条院にはお目にかかれないことをしてしまった自分であるとお思いになることは、非常に悲しく心細くて、子供らしくお泣きになるのを、もったいなくも憐《あわ》れにも思って、自分の悲しみと同時に恋人の悲しむのを見るのは堪えがたい気のする督であった。夜が明けていきそうなのであるが、帰って行けそうにも男は思われない。

「どうすればよいのでしょう。私を非常にお憎みになっていますから、もうこれきり逢《あ》ってくださらないことも想像されますが、ただ一言を聞かせてくださいませんか」

宮はいろいろとこの男からお言われになるのもうるさく、苦しくて、ものなどは言おうとしてもお口へ出ない。

「何だか気味が悪くさえなりましたよ。こんな間柄というものがあるでしょうか」

男は恨めしいふうである。

「私のお願いすることはだめなのでしょう。私は自殺してもいい気にもとからなっているのですが、やはりあなたに心が残って生きていましたものの、もうこれで今夜限りで死ぬ命になったかと思いますと、多少の悲しみはございますよ。少しでも私を愛してくださるお心ができましたら、これに命を代えるのだと満足して死ねます」

と言って、衛門督は宮をお抱きして帳台を出た。隅《すみ》の室《ま》の屏風《びょうぶ》を引き拡《ひろ》げ蔭《かげ》を作っておいて、妻戸をあけると、渡殿《わたどの》の南の戸がまだ昨夜《ゆうべ》はいった時のままにあいてあるのを見つけ、渡殿の一室へ宮をおおろしした。まだ外は夜明け前のうす闇《やみ》であったが、ほのかにお顔を見ようとする心で、静かに格子をあげた。

「あまりにあなたが冷淡でいらっしゃるために、私の常識というものはすっかりなくされてしまいました。少し落ち着かせてやろうと思召すのでしたら、かわいそうだとだけのお言葉をかけてください」

衛門督が威嚇《いかく》するように言うのを、宮は無礼だとお思いになって、何かとがめる言葉を口から出したく思召したが、ただ慄《ふる》えられるばかりで、どこまでも少女らしいお姿と見えた。ずんずん明るくなっていく。あわただしい気になっていながら、男は、

「理由のありそうな夢の話も申し上げたかったのですけれど、あくまで私をお憎みになりますのもお恨めしくてよしますが、どんなに深い因縁のある二人であるかをお悟りになることもあなたにあるでしょう」

と言って出て行こうとする男の気持ちに、この初夏の朝も秋のもの悲しさに過ぎたものが覚えられた。

おきて行く空も知られぬ明けぐれにいづくの露のかかる袖《そで》なり

宮のお袖を引いて督《かみ》のこう言った時、宮のお心はいよいよ帰って行きそうな様子に楽になって、

あけぐれの空にうき身は消えななん夢なりけりと見てもやむべく

とはかなそうにお言いになる声も、若々しく美しいのを聞きさしたままのようにして、出て行く男は魂だけ離れてあとに残るもののような気がした。

七

衛門督《えもんのかみ》は院が六条のほうへ来ておいでになることを聞くと、だいそれた嫉妬《しっと》を起こして、自己の恋のはげしさをさらに書き送る気になって手紙をよこした。院が暫時《ざんじ》対のほうへ行っておいでになる時で、だれも宮のお居間にいない様子を見て、小侍従はそれを宮にお見せした。

「いやなものを読めというのね。私はまた気分が悪くなってきているのに」

こう言って、宮はそのまま横におなりになった。

「この端書《はしがき》があまりに身にしむ文章なんでございますもの」

小侍従は衛門督の手紙を拡《ひろ》げた。ほかの女房たちが近づいて来た気配《けはい》を聞いて、手でお几《き》帳《ちょう》を宮のおそばへ引き寄せて小侍従は去った。宮のお胸がいっそうとどろいている所へ院までも帰っておいでになったために、手紙をよくお隠しになる間がなくて、敷き物の下へはさんでお置きになった。二条の院へ今夜になれば行こうと院はお思いになり、そのことを宮へお言いになるのであった。

「あなたはたいしたことがないようですから、あちらはまだあまりにたよりないようなのを見捨てておくように思われても、今さらかわいそうですから、また見に行ってやろうと思います。中傷する者があっても、あなたは私を信じておいでなさいよ。また忠実な良人《おっと》になる日が必ずありますよ」

これまではこんな時にも、子供めいた冗談《じょうだん》などをお言いになって、朗らかにしている方なのであったが、非常にめいっておしまいになり、院のほうへ顔を向けようともされないのを、内にいだく嫉妬《しっと》の影がさしているとばかり院はお思いになった。昼の座敷でしばらくお寝入りになったかと思うと、蜩《ひぐらし》の啼《な》く声でお目がさめてしまった。

「ではあまり暗くならぬうちに出かけよう」

と言いながら院がお召しかえをしておいでになると、

「『月待ちて』（夕暮れは道たどたどし月待ちて云々《うんぬん》）とも言いますのに」

若々しいふうで宮がこうお言いになるのが憎く思われるはずもない。せめて月が出るころまででもいてほしいとお思いになるのかと心苦しくて、院はそのまま仕度《したく》をおやめになった。

　夕露に袖濡《そでぬ》らせとやひぐらしの鳴くを聞きつつ起きて行くらん

幼稚なお心の実感をそのままな歌もおかわいくて、院は膝《ひざ》をおかがめになって、

「苦しい私だ」

と歎息《たんそく》をあそばされた。

　待つ里もいかが聞くらんかたがたに心騒がすひぐらしの声

などと躊躇《ちゅうちょ》をあそばしながら、無情だと思われることが心苦しくてなお一泊してお行きになることにあそばされた。さすがにお心は落ち着かずに、物思いの起こる御様子で晩餐《ばんさん》はお取りにならずに菓子だけを召し上がった。

八

まだ朝涼《あさすず》の間に帰ろうとして院は早くお起きになった。

「昨日の扇をどこかへ失ってしまって、代わりのこれは風がぬるくていけない」

とお言いになりながら、昨日のうたた寝に扇をお置きになった場所へ行ってごらんになったが、立ち止まって目をお配りになると、敷き物のある一所の端が少し縒《よ》れたようになっている

下から、薄緑の薄様《うすよう》の紙に書いた手紙の巻いたのがのぞいていた。何心なく引き出して御覧になると、それは男の手で書かれたものであった。紙の匂《にお》いなどの艶《えん》な感じのするもので、骨を折った巧妙な字で書かれてあった。二重ねにこまごまと書いたのをよく御覧になると、それは紛れもない衛門督《えもんのかみ》の手跡であった。院のお座の所で鏡をあけてお見せしている女房は御自分の御用の手紙を見ておいでになるものと思っていたが、小侍従がそれを見た時、手紙が昨日の色であることに気がついた。胸がぶつぶつと鳴り出した。粥《かゆ》などを召し上がる院のほうを小侍従はもう見ることもできなかった。まさかそうではあるまい、そんな運命の悪戯《いたずら》が不意に行なわれてよいものか、宮はお隠しになったはずであると小侍従は努めて思おうとしている。宮は何もお知りにならずになお眠っておいでになるのである。こんな物を取り散らしておいて、それを自分でない他人が発見すればどうなることであろうとお思いになると、その人が軽蔑《けいべつ》されて、これであるから始終自分はあぶながっていたのである。あさはかな性格はついに堕落を招くに至ったのであると院は解釈された。

お帰りになったので、女房たちがあらかた宮のお居間から去った時に、小侍従が来て、

「昨日の物はどうなさいました。今朝《けさ》院が読んでいらっしゃいましたお手紙の色がよく似ておりましたが」

と宮へ申し上げた。はっとお思いになって宮はただ涙だけが流れに流れる御様子である。お

かわいそうではあるがふがいない方であると小侍従は見ていた。

「どこへお置きになったのでございますか。あの時だれかが参ったものですから、秘密がありそうに思われますまいと、それほどのことは何でもなかったのですが、よいことをしておりませんと心がとがめまして、私は退《の》いて行ったのでございますが、院がお座敷へお帰りになりましたまでにはちょっと時間があったのでございますもの、お隠しあそばしたろうと安心をしておりました」

「それはね、私が読んでいた時にはいっていらっしゃったものだから、どこへしまうこともできずに下へはさんでおいたのをそのまま忘れたの」

こう伺った小侍従は、この場合の気持ちをどう表現すればよいかも知らなかった。そこへ行って見たが手紙のあるはずもない。

「たいへんでございますね。あちらも非常に恐れておいでになりまして、毛筋ほどでも院のお耳にはいることがあったら申し訳がないと言っておいでになりましたのに、すぐもうこんなことができたではございませんか。全体御幼稚で、男性に対して何の警戒もあそばさなかったものですから、長い年月をかけた恋とは申しながら、こうまで進んだ関係になろうとはあちらも考えておいでにならなかったことでございますよ。だれのためにもお気の毒なことをなさいましたね」

と無遠慮に小侍従は言う。お若い御主人を気安く思って礼儀なしになっているのであろう。宮はお返辞もあそばさないで泣き入っておいでになった。御気分がお悪いばかりのようでなく、少しも物を召し上がらないのを見て、

「こんなにもお苦しそうでいらっしゃるのに、それを捨ててお置きになって、もうすっかり快《よ》くなっておいでになる奥様の御介抱を一所懸命になさらなければならないとはね」

と乳母《めのと》たちは恨めしがった。

九

院はお帰りになってから、まだ不審のお晴れにもならぬ今朝の手紙をよく調べて御覧になった。女房のうちであの中納言［柏木］に似た字を書く女があるのではないかという疑いさえお持ちになったのであるが、言葉づかいは明らかに男性であって、他の者の書くはずのないことが内容になってもいた。昔からの恋がようやく遂げられたのではあるが、なお苦しい思いに悩み続けていることが、文学的に見ておもしろく書かれてあって、同情は惹《ひ》くが、こんな関係で書きかわす手紙には人目に触れた時の用意がかねてなければならぬはずで、露骨に一目瞭然《いちもくりょうぜん》に秘密を人が悟るようなことはすべきでないものをと、院はお思いになり、りっぱな男ではあるが、こうした関係の女への手紙の書き方を知らない、落ち散ることも思って、昔の日の自分

はこれに類する場合も文章は簡単にして書き紛らしたものであるが、そこまでの細心な注意はできないものらしいと、衛門督《えもんのかみ》を軽蔑《けいべつ》あそばされるのであった。それにしても宮を今後どうお扱いすればよいであろうか、妊娠もそうした不純な恋の結果だったのである。情けないことである。人から言われたことでもなく、直接に証拠も見ながら、以前どおりにあの人を愛することは、自分のことながら不可能らしい。一時的の情人として初めから重くなどは思っていない相手さえ、ほかの愛人を持っていることを知っては不愉快でならぬものであるが、これはそうした相手でもない自分の妻である。無礼な男である。お上《かみ》の後宮と恋の過失に陥る者は昔からあったが、それとこれとは問題が違う。宮仕えは男女とも一人の君主にお仕えするのであって、同輩と見る心から友情が恋となって不始末を起こす結果も作られるのである。女御《にょご》や更衣《こうい》といってもよい人格の人ばかりがいるわけではないから、浮き名を流す者はあっても、破綻《はたん》を見せない間は宮仕えを辞しもせずしていて、批難すべきことも起こったであろうが、自分の宮に対する態度は第一の妻としてのみ待遇してきたではないか、心ではより多く愛する人をもさしおいて、最大級の愛撫《あいぶ》を加えていた自分を裏切っておしまいになるようなことと、そんなこととは同日に論ずべきでない、これは罪深いことではないかと反感のお起こりになる院でおありになった。侍している君主のほうでもただ一通りの後宮の女性と御覧になるだけで、御愛情に接することもないような不幸な人に、異性の持つ友情が恋愛にも進んでゆけば、あるまじいこととは知りながらも、苦しむ男に一言の慰めくらいは書き送ることになり、相互の間に恋愛が成長してしまう結果を見るような間柄で犯す罪には十分同情してよい点もあるが、自分のことながらも、あの男くらいに比べて思い劣りされるほどの無価値な者でないと思うがと、院は宮を飽き足らずお思いになるのであったが、またこの問題はほかへ知らせてはならぬと思うことで御煩悶《はんもん》もされた。父帝もこんなふうに自分の犯した罪を知っておいでになって知らず顔をお作りになったのではなかろうか、考えてみれば恐ろしい自分の過失であったと、御自身の過去が念頭に浮かんできた時、恋愛問題で人を批難することは自分にできないのであると思召《おぼしめ》された。

十

御寺《みてら》の院［朱雀院］は、珍しい出産を女三《にょさん》の宮《みや》が無事にお済ませになったという報をお聞きになって、非常にお逢《あ》いになりたく思召したところへ、続いて御容体のよろしくないたよりばかりがあるために、専心に仏勤めもおできにならなくなった。衰弱しきった方がまた幾日も物を召し上がらないでおいでになったのであるから、いっそう頼み少なくお見えになる宮が、

「長いことお目にかかれずに暮らしておりましたころよりも、もっともっと私はお父様が恋しくてなりませんのに、もうお目にかかれないまま死んでしまうのでしょうか」

と言って、非常にお泣きになったので、六条院はそのことを人から法皇にお伝えさせになると、法皇［朱雀院］は堪えがたく悲しく思召して、よろしくない行動であるとは思召しながら、人目をはばかって夜になってから六条院へにわかに御幸あそばされた。御主人の院はお驚きになって、恐懼《きょうく》の意を表しておいでになった。

「もうこの世のことは顧みますまいと決心していたのですが、こうなってもまだ迷うのは子を思う道の闇《やみ》だけで宮が重態だと聞くと仏のお勤めも怠るばかりで恥ずかしくてなりませんが、だれが先とも後《あと》とも定まらない人の命であれば、逢いたがる子に逢ってやらずに死なせましたら、親の心残りが道の妨げになる気がするので、人間世界の譏《そし》りも無視して出て来たのです」

法皇はこう仰せられた。御僧形ではあるが艶《えん》なところがなお残ってなつかしいお姿にたいそうな御法服などは召さずに墨染め衣の簡単なのを御身にお着けあそばされたのがことに感じよくお美しいのを、院はうらやましく拝見されて、例のようにまず落涙をあそばされた。

「御容体は何という名のある病気ではないのでございますが、今まで衰弱がはなはだしゅうございましたところへ、お食慾のないことが重態に導いたのでございます」

などと六条院はお話しになって、

「失礼な場所でございますが」

と、宮のお寝《やす》みになった帳台の前へお敷き物の座を作って法皇を御案内された。宮を女房た

ちがいろいろとお引き繕いして御介抱をしながら、宮をもお床の下へお降ろしした。法皇は間の几帳《きちょう》を少し横へお押しになって、

「夜居の加持《かじ》の僧のような気はしても、まだ効験を現わすだけの修行ができていないから恥ずかしいが、逢いたがっておいでになった顔をそこでよく見るがいい」

と法皇は仰せられて目をおふきになった。宮も弱々しくお泣きになって、

「私の命はもう助かるとは思えないのでございますから、おいでくださいましたこの機会に私を尼にあそばしてくださいませ」

こうお言いになるのであった。

「その志は結構だが、命は予測することを許されないものだから、あなたのような若い人は今後長く生きているうちに、迷いが起こって、世間の人に譏《そし》られるようなことにならぬとは限らない。慎重に考えてからのことにしては」

などと法皇はお言いになって、六条院に、

「こう進んで言いますが、すでに危篤な場合とすれば、しばらくもその志を実現させることによって仏の冥助《みょうじょ》を得させたいと私は思う」

と仰せられた。

「この間からそのことをよくお話しになるのですが、物怪《もののけ》が人の心をたぶらかして、そんなふ

うのことを勧めるのでしょうと申して私は御同意をしないのでございます」

「物怪の勧めでそれを行なうと言っても、悪いことはとめなければなりませんが、衰弱してしまった人が最後の希望として言っていることを無視しては、後悔することがあるかもしれぬと私は思う」

法皇の仰せはこうであった。お心のうちでは限りもない信頼をもって託しておいた内親王を妻にしてからのこの院の愛情に飽き足らぬところのあるのを何かの場合によく自分は聞いていたが、恨みを自分から言い出すこともできぬ問題であって、しかも世間に取り沙汰されるのも忍ばねばならぬことを始終残念に思っているのであるから、この機会に決断して尼にさせてしまうとしても、良人《おっと》に捨てられたのだと、世間から嘲罵《ちょうば》されるわけのものではない。少しも遠慮はいらぬ。現在において宮の望みは遂げさせなくてはならない、夫婦関係の解消したのちに、単に兄の子として保護してくれる好意はあるはずであるから、せめてそれだけを自分から寄託された最後の義務に負ってもらうことにして反抗的にここを出て行くふうでなくして、自分からかつて宮に分配した財産のうちに広くてりっぱな邸宅もあるのであるから、そこを修繕して住ませよう、自分がまだ生きておられるうちにそれらの処置を皆しておくことにしたい。この院も妻としては冷ややかに見ても、今からの宮を不人情に放ってはおくまい。自分はその態度を見きわめておく必要があると思召して、

「では私がこちらへ来たついでにあなたの授戒を実行させることにして、それを私は御仏《みほとけ》から義務の一つを果たしたことと見ていただくことにする」

と仰せられた。六条院は遺憾にお思いになった宮の御過失のこともお忘れになって、なんとなることかと心をお騒がせになって、悲しみにお堪えにならずに、几帳の中へおはいりになって、

「なぜそういうことをなさろうというのですか。もう長くも生きていない老いた良人《おっと》をお捨てになって、尼になどなる気になぜおなりになったのですか。もうしばらく気を静めて、湯をお飲みになったり、物を召し上がったりすることに努力なさい。出家をすることは尊いことでも、身体《からだ》が弱ければ仏勤めもよくできないではありませんか。ともかくも病気の回復をお許りになった上でのことになさい」

とお話しになるのであるが、宮は頭《かしら》をお振りになって、おとめになるのを恨めしくお思いになるふうであった。何もお言いにはならなかったが、自分を恨めしくお思いになったこともあるのではないかとお気がつくと、かわいそうでならない気があそばされたのであった。いろいろと宮の御意志を翻《ひるがえ》させようと院が言葉を尽くしておいでになるうちに夜明け方になった。御寺《みてら》へお帰りになるのが明るくなってからでは見苦しいと法皇はお急ぎになって、祈禱《きとう》のために侍している僧の中から尊敬してよい人格者ばかりをお選びになり、産室《うぶや》へお呼びになって、

宮のお髪《ぐし》を切ることをお命じになった。若い盛りの美しいお髪《ぐし》を切って仏の戒《かい》をお受けになる光景は悲しいものであった。残念に思召して六条院は非常にお泣きになった。また法皇におかせられては、御子の中でもとりわけお大事に思召された内親王で、だれよりも幸福な生涯《しょうがい》を得させたいとお思いあそばされた方を、未来の世は別としてこの世でははかない姿にお変えさせになったことで萎《しお》れておいでになって、

「たとえこうおなりになっても、健康が回復すればそれを幸福にお思いになって、できれば念《ねん》誦《ず》だけでもよくお唱えしているようになさい」

とお言いになった院は、まだ暗いうちに六条院をお去りになることにあそばされた。

宮は今もなおお命がおぼつかない御様子で、はかばかしく御父法皇を目送あそばすこともおできにならず、ものもお言われにならなかった。

十一

「どうしてこんなにまた悪くおなりになったのでしょう。今日だけはめでたいのですから少し気分でもよくなっておられるかと思って来ましたよ」

と言って、病床に添えた几帳《きちょう》の端を上げて中を見ると、

「全然私のようでなくなってしまいましたよ」

と言いながら、衛門督は烏帽子《えぼし》だけを身体《からだ》の下へかって、少し起き上がろうとしたが、苦しそうであった。柔らかい白の着物を幾枚も重ねて、夜着を上に掛けているのである。病床の置かれた室は清潔に整理がされてあって感じがよい。こんな場合にも規律の正しい病人の性格がうかがえるようであった。病人というものは髪や髭《ひげ》も乱れるにまかせて気味の悪い所もできてくるものであるが、この人の痩《や》せ細った姿はいよいよ品のよい気がされて、枕《まくら》から少し顔を上げてものを言う時には息も今絶えそうに見えるのが非常に哀れであった。

「御病気の長かったことから言えば、特別ひどく病人らしいお顔になったとも言えませんよ。平生よりも美男に見えますよ」

こんなことを口では言いながらも大将は涙をぬぐっていた。

「同じ時に死のうなどと約束もしたではありませんか。悲しいことですよ。あなたの症状は何がどうして悪くなったのだということも言ってくれる者がありませんから、親しい私でさえ何の御病気だか知らないのがたよりないことですよ」

「自分ではいつ悪くなって行くかわからずに来ましたよ。どこか苦しいときまった患部もないものですから、病がこうまで早く進行するとも思わないうちに重態になってしまったのですから、私はもう今では何が何やら知覚もなくなっている気がしています。惜しくもない私の命が祈りとか、願とかの力でさすがに引きとめられていることは苦痛なものですから、自身から早くなるのを望むようにもなって変なものですよ。私とすればこの世から去ってしまうことで、いろいろな堪えがたい気持ちのすることもそれは少なくありません。親への孝行も中途までしかしてありませんし、私自身のためにも遺憾なことはありますが、そうしたいっさいのことよりも大事な煩悶《はんもん》を私はいだいているのです。この命の末になってほかへ洩《も》らす必要はないとも思いますが、やはり自分一人だけで思っているには堪えられないのでもあるのです。身内の者はあっても、その人たちに言い出す勇気を私は持っていません。それであなたにだけ言わせていただきますが、私が六条院様の感情をそこねているらしいことがありましてね、それを苦しんで心の中でお詫《わ》びをして暮らすうちに病気のようになってしまったのですが、お招きがありまして、あの法皇様の賀宴の試楽の日に伺いました時に、お目にかかったのですが、なお許していただけない御感情のあるのをお顔で私は知って、それからの私はもう生きていることがはばかりのあることのように思われ出して、憂鬱《ゆううつ》な気持ちで暮らして来たのですが、その際に受けた衝動が強かったために、起《た》ちがたい衰弱に自分で自分を導いてしまったのですよ。自身の無能なことは承知しながらも少年時代から深く御信頼して、誠心誠意この方のためにお尽くししようと決心していた私ですが、中傷した者でもあったろうかと、死んで残るこの問題への関心はむろん後世《ごせ》の往生の妨げになるだろうと思っていますが、何かの機会にこの話をあなたは覚えていてくださって六条院へ弁明の労を取ってください。死にましてからでもこのお取りなしがいただければ私はあなたに感謝します」

新大納言［柏木］はこう語るうちにも病苦の堪えがたいもののある様子も見えて、大将は悲しんだのであるが、その話について思いあたることが、この人にあっても、不確かな断定はそれでできない気がした。

「あなた自身の誤解ではないのですか、少しもそんな御様子を私は見受けませんよ。あなたの御病気の重くなったことで御心配をしておられて、いつも遺憾がっておいでになりますよ。そんな煩悶《はんもん》をあなたがしておいでになるのなら、なぜ今までに私へ言ってくださらなかったのでしょう。私が及ばずながら双方の誤解を解いてあげるのでした。もう間に合いませんね」

取り返したいように大将は残念がった。

「そうですよ。少し快《よ》い時もあったのですから、そんな時に御相談をすればよかったのです。自分自身でわからないのが命にもせよ、まさかこんなに早く終わろうとは思わなかったというのもはかないわけですね。このことは絶対にだれへもお話しにならないでください。よい機会に私のために御好意のある弁解をしていただきたいと思ってお話ししただけです。一条にいらっしゃる宮様には何かの時に御好意を寄せてあげてください。お聞きになって法皇様が御心配をあそばさないように、御生活の上のことも気をつけてあげてください」

などとも大納言は言った。もっと言いたいことは多かったであろうが、我慢のならぬほど苦しくなった衛門督《えもんのかみ》は、もう帰れと手を振って見せた。加持《かじ》をする僧などが近くへ来て、母の夫人や大臣［もとの頭中将］も出てくるふうで、騒がしくなったので大将は泣く泣く辞し去った。同胞である院の女御《にょご》はもとより、妹の一人である大将夫人［雲居雁］も衛門督のことを非常に歎《なげ》いていた。だれのためにもよき兄であろうとする善良な性格であったから、右大臣夫人［玉鬘］などもこの人とだけは今まで非常に親しんでいて、今度も玉鬘《たまかずら》は心配のあまり自身の手でも祈禱《きとう》をさせていたが、そうしたことも不死の薬ではなかったから効果は見えなかった。夫人の宮［女二宮］にもしまいにお逢いできないままで、泡《あわ》が消えたように衛門督は死んでしまった。

光源氏物語の終焉（御法・まぼろし）

夏に入って、紫上（紫夫人）の健康はいよいよ思わしくない。明石中宮（夫の東宮が即位し、中宮になっている）は、二条院に里下がりして、義母を見舞った。紫上はそれとなく中宮に死後のことを託した。「御法」の巻は紫上の最期を扱うが、源氏の最期が描かれるはずの「雲隠れ」は巻名のみ伝わり、本文は存在しない。

一

ようやく秋が来て京の中も涼しくなると、紫夫人の病気も少し快くなったようには見えるのであるが、どうかするとまたもとのような容体にかえるのであった。まだ身にしむほどの秋風が吹くのではないが、しめっぽく曇る心をばかり持って夫人は日を送った。中宮《ちゅうぐう》〔明石姫君〕は御所へおはいりにならず、もう少しここにおいでになるほうがよいことになるでしょうと女王〔紫上〕はお言いしたいのであるが、死期を予感しているように賢がって聞こえぬかと恥ずかしく思われもしたし、御所からの御催促の御使《みつか》いのひっきりなしに来ることに御遠慮がされもして、おとどめすることも申さないでいるうちに、夫人〔紫上〕がもう東の対へ出て来ることができないために、宮〔明石姫君〕のほうからそちらへ行こうと中宮が仰せられた。失礼であると思い心苦しく思いながらも、お目にかからないでいることも悲しくて、西の対へ宮のお居間を設けさせて、夫人はなつかしい宮をお迎えしたのであった。夫人は非常に痩《や》せてしまったが、かえってこれが上品で、最も艶《えん》な姿になったように思われた。これまであまりにはなやかであった盛りの時は、花などに比べて見られたものであるが、今は限りもない美の域に達して比較するものはもう地上になかった。その人が人生をはかなく、心細く思っている様子は、見るものの心をまでなんとなく悲しいものにさせた。

風がすごく吹く日の夕方に、前の庭をながめるために、夫人は起きて脇息《きょうそく》によりかかっているのを、おりからおいでになった院［光源氏］が御覧になって、

「今日はそんなに起きていられるのですね。宮がおいでになる時にだけ気分が晴れやかになるようですね」

とお言いになった。わずかに小康を得ているだけのことにも喜んでおいでになる院のお気持ちが、夫人には心苦しくて、この命がいよいよ終わった時にはどれほどお悲しみになるであろうと思うと物哀れになって、

おくと見るほどぞはかなきともすれば風に乱るる萩《はぎ》の上露

と言った。そのとおりに折れ返った萩の枝にとどまっているべくもない露にその命を比べたのであったし、時もまた秋風の立っている悲しい夕べであったから、

ややもせば消えを争ふ露の世に後《おく》れ先きだつ程《ほど》へずもがな

とお言いになる院は、涙をお隠しになる余裕もないふうでおありになった。宮は、

秋風にしばし留まらぬ露の世をたれか草葉の上とのみ見ん

とお告げになるのであった。美貌《びぼう》の二女性が最も親しい家族として一堂に会することが快心のことであるにつけても、こうして千年を過ごす方法はないかと院はお思われになるのであったが、命は何の力でもとどめがたいものであるのは悲しい事実である。

「もうあちらへおいでなさいね。私は気分が悪くなってまいりました。病中と申してもあまり失礼ですから」

といって、女王は几帳《きちょう》を引き寄せて横になるのであったが、平生に超《こ》えて心細い様子であるために、どんな気持ちがするのかと不安に思召《おぼしめ》して、宮は手をおとらえになって泣く泣く母君を見ておいでになったが、あの最後の歌の露が消えてゆくように終焉《しゅうえん》の迫ってきたことが明らかになったので、誦経《ずきょう》の使いが寺々へ数も知らずつかわされ、院内は騒ぎ立った。以前も一度こんなふうになった夫人が蘇生《そせい》した例のあることによって、物怪《もののけ》のすることかと院はお疑いになって、夜通しさまざまのことを試みさせられたが、かいもなくて翌朝の未明にまったくこと切れてしまった。

二

院は、もう次の春になれば出家を実現させてよいわけであるとその用意を少しずつ始めようとされるのであったが、物哀れなお気持ちばかりがされた。院内の人々にもそれぞれ等差をつけて物を与えておいでになるのであった。目だつほどに今日までの御生活に区切りをつけるようなことにはしてお見せにならないのであるが、近くお仕えする人たちには、院が出家の実行を期しておいでになることがうかがえて、今年の終わってしまうことを非常に心細くだれも思った。人の目についてはは不都合であるとお思いになった古い恋愛関係の手紙類をなお破るのは惜しい気があそばされたのか、だれのも少しずつ残してお置きになったのを、何かの時にお見つけになり破らせなどして、また改めて始末をしにおかかりになったのであるが、須磨《すま》の幽居時代に方々から送られた手紙などもあるうちに、紫の女王《にょおう》のだけは別に一束になっていた。御自身がしてお置きになったのであるが、古い昔のことであったと前の世のことのようにお思われになりながらも、中をあけてお読みになると、今書かれたもののように、夫人［紫上］の墨の跡が生き生きとしていた。これは永久に形見として見るによいものであると思召《おぼしめ》されたが、こんなものも見てならぬ身の上になろうとするのでないかと、気がおつきになって、親しい女房二、三人をお招きになって、居間の中でお破らせになった。こんな場合でなくても、亡《な》くなった人の手紙を目に見ることは悲しいものであるのに、いっさいの感情を滅却させねばならぬ世界へ踏み入ろうとあそばす前の院のお心に女王の文字がどれほどはげしい悲しみをもたらしたかは御想像申し上げられることである。

（中略）

仏名の僧を迎える行事も今年きりのことであるとお思いになると、僧の錫杖《しゃくじょう》の音も身に沁《し》んでお聞かれになった。院のために行く末長く寿命の保たれることを僧たちの祈り唱えるのも、院のお心には仏へ恥ずかしくお思われになった。雪が大降りになって厚く積もった。帰ろうとする導師を院は御前へお呼びになって、杯を賜わったりすることなども普通の仏名式の日以上の手厚いおねぎらいであった。纏頭《てんとう》なども賜わった。長くこの院へお出入りし、御所の御用も勤めているお馴染《なじ》み深い僧が、頭の色もようやく変わって老法師になった姿も院には哀れにお思われになるのであった。この日も例の宮がた、高官たちが多数に参入した。梅の花の少し花らしく顔を上げ出したのが、雪の中にきわだって美しく見える日であったから、音楽の遊びもあってしかるべきなのであるが、本年中はなお管絃《かんげん》もむせび泣きの声をたてるもののように思召されるお心から、そのことはなくて、詩歌を歌わせてお聞きになるくらいのことでとどめられた。

参会者の作も多かったが省いておく。院の御美貌《びぼう》は昔の光源氏でおありになった時よりもさらに光彩が添ってお見えになるのを仰いで、この老いた僧はとめどなく涙を流した。

今年が終わることを心細く思召す院であったから、若宮［今上帝三宮。後の匂宮］が、「儺追《なやらい》をするのに、何を投げさせたらいちばん高い音がするだろう」などと言って、お走り歩きになるのを御覧になっても、このかわいい人も見られぬ生活にはいるのであるとお思いになるのがお寂しかった。

物思もふと過ぐる月日も知らぬまに年もわが世も今日や尽きぬる

元日の参賀の客のためにことにはなやかな仕度《したく》を院はさせておいでになった。親王がた、大臣たちへのお贈り物、それ以下の人たちへの纏頭《てんとう》の品などもきわめてりっぱなものを用意させておいでになった。

光源氏の子孫の物語

薫、宇治の姉妹を発見（橋姫）

源氏死後の物語の中心は、匂宮と薫である。「匂う兵部卿、薫る中将」と言われた。匂宮は今上帝と明石中宮との間の第三皇子。薫は表向きは源氏と女三宮との間の子だが、出生の秘密があった。

「橋姫」から物語の中心は宇治に移る。「夢の浮橋」までの十帖を「宇治十帖」という。

一

光源氏の弟宮の八の宮と呼ばれた方で、冷泉院《れいぜいいん》が東宮でおありになった時代に、朱雀院《すざくいん》の御母后［弘徽殿女御］が廃太子のことを計画されて、この八の宮をそれにお代えしようとされ、その方の派の人たちに利用をおされになったことがあるため、光源氏の派からは冷やかにお扱われになり、それに続いてこの世は光源氏派だけの栄える世になって今日に及んでいるのであるから、八の宮は世の中と絶縁したふうにおなりになり、その上に不幸のために僧と同じような暮らしをあそばして、現世《げんぜ》の夢は皆捨てておしまいになったのである。

そのうちに八の宮のお邸《やしき》は火事で焼亡してしまった。この災難のために京の中でほかにお住みになるほどの所も、適当な邸もおありにならなかったので、宇治によい山荘を持っておいでになったから、そこへ行って住まれることになった。世の中に執着はお持ちにならぬが、いよいよ京を離れておしまいになることは宮のお心に悲しかった。網代《あじろ》の漁をする場所に近い川のそばで、静かな山里の住居《すまい》をお求めになることには適せぬところもあるがしかたのない御事であった。町の中でなく山や水の景には恵まれた里であったから、それらをながめては寂しい物思いを多くお作りになる宮であった。こうした都に遠い田舎《いなか》へお移りになっても、妻がいたならばという歎きをあそばさない時とてはなかった。

見し人も宿も煙となりにしをなどてわが身の消え残りけん

これではお生きがいもあるまいと思われるほど故人にこがれておいでになるのであった。

二

秋の末であったが、四季に分けて宮があそばす念仏の催しも、この時節は河《かわ》に近い山荘では網代《あじろ》に当たる波の音も騒がしくやかましいからとお言いになって、阿闍梨《あじゃり》の寺へおいでになり、念仏のため御堂《みどう》に七日間おこもりになることになった。姫君たちは平生よりもなお寂しく山荘で暮らさねばならなかった。ちょうどそのころ薫中将は、長く宇治へ伺わないことを思って、その晩の有明月《ありあけづき》の上り出した時刻から微行《しのび》で、従者たちをも簡単な人数にして八の宮をお訪ねしようとした。河の北の岸に山荘はあったから船などは要しないのである。薫は馬で来たのだった。宇治へ近くなるにしたがい霧が濃く道をふさいで行く手も見えない林の中を分けて行くと、荒々しい風が立ち、ほろほろと散りかかる木の葉の露がつめたかった。ひどく薫は濡《ぬ》れてしまった。こうした山里の夜の路《みち》などを歩くことをあまり経験せぬ人であったから、身にしむようにも思い、またおもしろいように思われた。

山おろしに堪へぬ木の葉の露よりもあやなく脆《もろ》きわが涙かな

村の者を驚かせないために随身に人払いの声も立てさせないのである。左右が柴垣《しばがき》になっている小路《こみち》を通り、浅い流れも踏み越えて行く馬の足音なども忍ばせているのであるが、薫の身についた芳香を風が吹き散らすために、覚えもない香を寝ざめの窓の内に嗅《か》いで驚く人々もあった。

宮の山荘にもう間もない所まで来ると、何の楽器の音とも聞き分けられぬほどの音楽の声がかすかにすごく聞こえてきた。山荘の姉妹《きょうだい》の女王《にょおう》はよく何かを合奏しているという話は聞いたが、機会もなくて、宮の有名な琴の御音も自分はまだお聞きすることができないのである、ちょうどよい時であると思って山荘の門をはいって行くと、その声は琵琶《びわ》であった。所がらでそう思われるのか、平凡な楽音とは聞かれなかった。掻《か》き返す音もきれいでおもしろかった。十三絃《げん》の艶《えん》な音も絶え絶えに混じって聞こえる。しばらくこのまま聞いていたく薫は思うのであったが、音はたてずにいても、薫のにおいに驚いて宿直《とのい》の侍風の武骨らしい男などが外へ出て来た。こうこうで宮が寺へこもっておいでになるとその男は言って、

「すぐお寺へおしらせ申し上げましょう」

とも言うのだった。

「その必要はない。日数をきめて行っておられる時に、おじゃまをするのはいけないからね。こんなにも途中で濡《ぬ》れて来て、またこのまま帰らねばならぬ私に御同情をしてくださるように姫君がたへお願いして、なんとか仰せがあれば、それだけで私は満足だよ」

と薫が言うと、醜い顔に笑《えみ》を見せて、

「さように申し上げましょう」

と言って、あちらへ行こうとするのを、

「ちょっと」

と、もう一度薫はそばへ呼んで、

「長い間、人の話にだけ聞いていて、ぜひ伺わせていただきたいと願っていた姫君がたの御合奏が始まっているのだから、こんないい機会はない、しばらく物蔭《ものかげ》に隠れてお聞きしていたいと思うが、そんな場所はあるだろうか。ずうずうしくこのままお座敷のそばへ行っては皆やめておしまいになるだろうから」

と言う薫の美しい風采《ふうさい》はこうした男をさえ感動させた。

薫、出自を悟る（橋姫）

冬のはじめ薫はふたたび宇治の八の宮の山荘を訪れる。八の宮はそこで、自分亡き後の娘二人の後見を薫に依頼する。彼女たちの美しさを知っている薫は気持ちがそそられる。その直後、弁という老女と出会う。

一

明け方のお勤めを仏前で宮のあそばされる間に、薫は先夜の老女に面会を求めた。これは姫君方のお世話役を宮がおさせておいでになる女で、弁の君という名であった。年は六十に少し足らぬほどであるが、優雅なふうのある女で、品よく昔の話をしだした。柏木《かしわぎ》が日夜煩悶《はんもん》を続けた果てに病を得て、死に至ったことを言って非常に弁は泣いた。他人であっても同情の念の禁じられないことであろうと思われる昔話を、まして長年月の間、真実のことが知りたくて、自分が生まれてくるに至った初めを、仏を念じる時にも、まずこの真実を明らかに知らせたまえと祈った効験でか、こうして夢のように、偶然のめぐり合わせで肉身のことが聞かれたと思っている薫には涙がとめどもなく流れるのであった。

「それにしてもその昔の秘密を知っている人が残っておいでになって、驚くべく恥ずかしい話を私に聞かせてくださるのですが、ほかにもまだこのことを知っている人があるでしょうか。今日まで私はその秘密の片端すらも聞くことがありませんでしたが」

と薫は言った。

「小侍従［女三宮の侍女］と私のほかは決して知っている者はございません。また一言でも私から他人に話したこともございません。こんなつまらぬ女でございますが、夜昼おそばにお付きしていたものですから、殿様［柏木］の御様子に腑《ふ》に落ちぬところがありまして、私が真実のことをお悟りすることになりましてからは、お苦しみのお心に余りますような時々には、私から小侍従へ、小侍従から私と言うことにしまして、たまさかのお手紙をお取りかわしになりました。失礼になってはなりませんからくわしいことは申し上げません。殿様の御容体が危篤になりましてから、私へほんの少しの御遺言があったのでございますが、私風情《ふぜい》ではどうしてそれをあなた様にお伝え申し上げてよろしいか方法もつきませんで、仏に念誦《ねんず》をいたします時にも、そのことを心に持ってしておりましたために、あなた様にこのお話ができることになりまして、仏様の存在もまた明らかになりました。お目にかける物もあるのでございます。お渡しいたすことができません以上はもう焼いてしまおうかとも存じました。危うい命の老人が持っていまして、歿後《ぼつご》に落ち散ることになってはならぬと気がかりにいたしながら、この宮へ時々あなた様が御訪問においでになることがあるようになりましてからは、これはよい機会が与えられるかもしれぬと頼もしくなりまして、今日《きょう》のようなおりの早く現われてまいりますようにと、念じておりました力はえらいものでございますね。人間がなしえたこととこれは思われません」

弁は泣く泣く薫の生まれた時のこともよく覚えていて話して聞かせた。

「大納言様［柏木］がお亡《かく》れになりました悲しみで私の母も病気になりまして、その後しばらくして亡《な》くなりましたものですから、二つの喪服を重ねて着ねばならぬ私だったのでございます。そのうち長く私のことをかれこれと思っていた者がございまして、だましてつれ出されました果ては西海の端までもつれて行きましてね、京のことはいっさいわからない境遇に置かれていますうちに、その人もそこで亡くなりましてから、十年めほどの、違った世界の気がいたしますような京へ上ってまいったのでございますが、こちらの宮様は私の父方の縁故で童女時代に上がっていたことがあるものですから、もうはなやかな所へお勤めもできない姿になっております私は、冷泉院《れいぜいいん》の女御《にょご》様などの所へ、大納言様の続きでまいってもよろしかったのでございますが、それも恥ずかしくてできませんで、こうして山の中の朽ち木になっております。小侍従はいつごろ亡くなったのでございましょう。若盛りの人として記憶にございます人があらかた故人になっております世の中に、寂しい思いをいたしながら、さすがにまだ死なれずに私はおりました」

弁が長話をしている間に、この前のように夜が明けはなれてしまった。

「この昔話はいくら聞いても聞きたりないほど聞いていたく思うことですが、だれも聞かない所でまたよく話し合いましょう。侍従といった人は、ほのかな記憶によると、私の五、六歳の時ににわかに胸を苦しがりだして死んだと聞いたようですよ。あなたに逢うことができなかったら、私は肉親を肉親とも知らない罪の深い人間で一生を終わることでした」

などと薫は言った。小さく巻き合わせた手紙の反古《ほご》の黴《かび》臭いのを袋に縫い入れたものを弁は薫に渡した。

「あなた様のお手で御処分くださいませ。もう自分は生きられなくなったと大納言様は仰せになりまして、このお手紙を集めて私へくださいましたから、私は小侍従に逢いました節に、そちら様へ届きますように、確かに手渡しをいたそうと思っておりましたのに、そのまま小侍従に逢われないでしまいましたことも、私情だけでなく、大納言のお心の通らなかったことになりますことで私は悲しんでおりました」

弁はこう言うのであった。薫はなにげなくその包を袖《そで》の中へしまった。こうした老人は問わず語りに、不思議な事件として自分の出生の初めを人にもらすことはなかったであろうかと、薫は苦しい気持ちも覚えるのであったが、かえすがえす秘密を厳守したことを言っているのであるから、それが真実であるかもしれぬと慰められないでもなかった。

二

山荘の朝の食事に粥《かゆ》、強飯《こわめし》などが出された。昨日《きのう》は休暇が得られたのであるが、今日は陛下の御謹慎日も終わって、平常どおりに宮中の事務を執らねばならないことであろうし、また冷泉院の女一《にょいち》の宮《みや》の御病気もお見舞い申し上げねばならぬことで、かたがた京へ帰らねばならぬ、近いうちにもう一度紅葉《もみじ》の散らぬ先にお訪ねするということを、薫は宮へ取り次ぎをもって申し上げさせた。

「こんなふうにたびたびお訪ねくださる光栄を得て、山蔭《やまかげ》の家も明るくなってきた気がします」

と宮からの御挨拶《あいさつ》も伝えられた。

薫は自邸に帰って、弁から得た袋をまず取り出してみるのであった。支那《しな》の浮き織りの綾《あや》でできた袋で、上という字が書かれてあった。細い組み紐《ひも》で口を結んだ端を紙で封じてあるのへ、大納言の名が書かれてある。薫はあけるのも恐ろしい気がした。いろいろな紙に書かれて、たまさか来た女三の宮のお手紙が五、六通あった。そのほかには柏木《かしわぎ》の手で、病はいよいよ重くなり、忍んでお逢《あ》いすることも困難になったこの時に、さらに見たい心の惹《ひ》かれる珍しいこ

とがそちらには添っている、あなたが尼におなりになったということもまた悲しく承っている

というようなことを檀紙《だんし》五、六枚に一字ずつ鳥の足跡のように書きつけてあって、

目の前にこの世をそむく君よりもよそに別るる魂《たま》ぞ悲しき

という歌もある。また奥に、

珍しく承った芽ばえの二葉を、私風情《ふぜい》が関心を持つとは申されませんが、

命あらばそれとも見まし人知れず岩根にとめし松の生《お》ひ末

よく書き終えることもできなかったような乱れた文字でなった手紙であって、上には侍従の君へと書いてあった。蠹《しみ》の巣のようになっていて、古い黴《かび》臭い香もしながら字は明瞭《めいりよう》に残って、今書かれたとも思われる文章のこまごまと確かな筋の通っているのを読んで、実際これが散逸していたなら自分としては恥ずかしいことであるし、故人のためにも気の毒なことになるのであった、こんな苦しい思いを経験するものは自分以外にないであろうと思うと薫の心は限りもなく憂鬱《ゆううつ》になって、宮中へ出ようとしていた考えも実行がものうくなった。母宮のお居間のほうへ行ってみると、無邪気な若々しい御様子で経を読んでおいでになったが、恥ずかしそうに経巻を隠しておしまいになった。今さら自分が秘密を知ったとはお知らせする必要もないことであると思って、薫は心一つにそのことを納めておくことにした。

薫、最愛の女と死別（総角）

八の宮が亡くなり、薫はその一周忌の準備のため宇治を訪れた。その夜、薫は大君（姉姫君）にみずからの恋心を訴えるが、大君はそれを拒む。女として衰えつつある自分よりも妹の中の君と結ばれてほしいと願ったのだ。弁が大君の寝所へ薫を導いた時も、中の君を置いて逃げてしまう。薫は中の君と、むなしく明け方まで語り明かすことになった。

薫は中の君を匂宮と結婚させれば、大君は自分になびくであろうと考えて実行に移す。薫が目論んだ通り二人は結ばれるが、匂宮は母（明石中宮）からの束縛もあり、思うように宇治に行くことができない。男の薄情さを痛感した大君は、心労によって病に伏すことになる。

一

「こんなに重くおなりになるまで、どなたもおしらせくださらなかったのが恨めしい。私がどんなに御心配しているかが、皆さんに通じなかったのですか」

と言い、まず御寺《みてら》の阿闍梨《あじゃり》、それから祈禱《きとう》に効験のあると言われる僧たちを皆山荘へ薫は招いた。祈禱と読経《どきょう》を翌日から始めさせて、手つだいの殿上役人、自家の侍たちが多く呼び寄せられ、上下の人が集まって来たので、前日までの心細げな山荘の光景は跡もなく、頼もしく見られる家となった。日が暮れると例の客室へ席を移すことを女房たちは望み、湯漬《ゆづ》けなどのもてなしをしようとしたのであるが、来ることのおくれた自分は、今はせめて近い所にいて看病がしたいと薫は言い、南の縁付きの室《ま》は僧の室《へや》になっていたから、東側の部屋《へや》で、それよりも病床に密接している所に屛風《びょうぶ》などを立てさせてはいった。これを中の君は迷惑に思ったのであるが、薫と姫君との間柄に友情以上のものが結ばれていることと信じている女房たちは、他人としては扱わないのであった。

初夜から始めさせた法華経《ほけきょう》を続けて読ませていた。尊い声を持った僧の十二人のそれを勤めているのが感じよく思われた。灯《ひ》は僧たちのいる南の室《ま》にあって、内側の暗くなっている病室へ薫はすべり入るようにして行って、病んだ恋人を見た。老いた女房の二、三人が付いていた。中の君はそっと物蔭《ものかげ》へ隠れてしまったのであったから、ただ一人床上に横たわっている総《あげ》角《まき》の病女王［大君］のそばへ寄って薫は、

「どうしてあなたは声だけでも聞かせてくださらないのですか」

と言って、手を取った。

「心ではあなたのおいでになったことがわかっていながら、ものを言うのが苦しいものですから失礼いたしました。しばらくおいでにならないものですから、もうお目にかかれないままで

死んで行くのかと思っていました」

息よりも低い声で病者はこう言った。

「あなたにさえ待たれるほど長く出て来ませんでしたね、私は」

しゃくり上げて薫は泣いた。この人の頰《ほお》に触れる髪の毛が熱で少し熱くなっていた。

「あなたはなんという罪な性格を持っておいでになって、人をお悲しませになったのでしょう。その最後にこんな病気におなりになった」

耳に口を押し当てていろいろと薫が言うと、姫君はうるさくも恥ずかしくも思って、袖《そで》で顔をふさいでしまった。平生よりもなおなよなよとした姿になって横たわっているのを見ながら、この人を死なせたらどんな気持ちがするであろうと胸も押しつぶされたように薫はなっていた。

「毎日の御介抱《かいほう》が、御心配といっしょになってたいへんだったでしょう。今夜だけでもゆっくりとお休みなさい。私がお付きしていますから」

見えぬ蔭にいる中の君に薫がこう言うと、不安心には思いながらも、何か直接に話したいことがあるのであろうと思って、若い女王《にょおう》は少し遠くへ行った。真向《まっこう》へ顔を持ってくるのでなくても、近く寄り添って来る薫に、大姫君は羞恥《しゅうち》を覚えるのであったが、これだけの宿縁はあったのであろうと思い、危険な線は踏み越えようとしなかった同情の深さを、今一人の男性に比べて思うと、一種の愛はわく姫君であった。死んだあとの思い出にも気強く、思いやりのない女には思われまいとして、かたわらの人を押しやろうとはしなかった。

一夜じゅうかたわらにいて、時々は湯なども薫は勧めるのであったが、少しもそれは聞き入れなかった。悲しいことである、この命をどうして引きとめることができるであろうと薫は思い悩むのであった。不断経を読む僧が夜明けごろに人の代わる時しばらく前の人と同音に唱える経声が尊く聞こえた。阿闍梨《あじゃり》も夜居《よい》の護持僧を勤めていて、少し居眠りをしたあとでさめて、陀羅尼《だらに》を読み出したのが、老いたしわがれ声ではあったが老巧者らしく頼もしく聞かれた。

二

「あなたがいよいよ私を捨ててお行きになることになったら、私も生きていませんよ。けれど、人の命は思うようになるものでなく、生きていねばならぬことになりましたら、私は深い山へはいってしまおうと思います。ただその際にお妹様を心細い状態であとへお残しするだけが苦痛に思われます」

中納言［薫］は少しでもものを言わせたいために、病者が最も関心を持つはずの人［中の君］のことを言ってみると、姫君は顔を隠していた袖《そで》を少し引き直して、

「私はこうして短命で終わる予感があったものですから、あなたの御好意を解しないように思われますのが苦しくて、残っていく人を私の代わりと思ってくださるようにとそう願っていた

のですが、あなたがそのとおりにしてくださいましたら、どんなに安心だったかと思いましてね、それだけが心残りで死なれない気もいたします」

と言った。

「こんなふうに悲しい思いばかりをしなければならないのが私の宿命だったのでしょう。私はあなた以外のだれとも夫婦になる気は持ってなかったものですから、あなたの好意にもそむいたわけなのです。今さら残念であの方がお気の毒でなりません。しかし御心配をなさることはありませんよ。あの方のことは」

などともなだめていた薫は、姫君が苦しそうなふうであるのを見て、修法の僧などを近くへ呼び入れさせ、効験をよく現わす人々に加持をさせた。そして自身でも念じ入っていた。人生をことさらいとわしくなっている薫でないために、道へ深く入れようとされる仏などが、今こうした大きな悲しみをさせるのではなかろうか。見ているうちに何かの植物が枯れていくように総角《あげまき》の姫君［大君］の死んだのは悲しいことであった。引きとめることもできず、足摺《あしずり》したいほどに薫は思い、人が何と思うともはばかる気はなくなっていた。臨終と見て中の君が自分もともに死にたいとはげしい悲嘆にくれたのも道理である。涙におぼれている女王［中の君］を、例の忠告好きの女房たちは、こんな場合に肉親がそばで歎くのはよろしくないことになっていると言って、無理に他の室へ伴って行った。

源中納言は死んだのを見ていても、これは事実でないであろう、夢ではないかと思って、台の灯《ひ》を高く掲げて近くへ寄せ、恋人をながめるのであったが、少し袖《そで》で隠している顔もただ眠っているようで、変わったと思われるところもなく美しく横たわっている姫君を、このままにして乾燥した玉虫の骸《から》のように永久に自分から離さずに置く方法があればよいと、こんなことも思った。遺骸《いがい》として始末するために人が髪を直した時に、さっと芳香が立った。それはなつかしい生きていた日のままのにおいであった。どの点でこの人に欠点があるとしてのけにくい執着を除けばいいのであろう、あまりにも完全な女性であった。この人の死が自分を信仰へ導こうとする仏の方便であるならば、恐怖もされるような、悲しみも忘れられるほど変相を見せられたいと仏を念じているのであるが、悲しみはますます深まるばかりであったから、せめて早く煙にすることをしようと思い、葬送の儀式のことなどを命じてさせるのもまた苦しいことであった。空を歩くような気持ちを覚えて薫は葬場へ行ったのであるが、火葬の煙さえも多くは立たなかったのにはかなさをさらに感じて山荘へ帰った。

薫、中の君に迫る（宿り木）

― 薫は、匂宮の邸宅（二条院）で中の君と会うにつけて、中の君を自分の妻にしておけばよかったと後悔する。匂宮は、中の君を妻としながら、夕霧の娘（六の君）を正妻として迎える。それを聞いた中の君は、京へでてきたことを後悔するのであった。

181　薫、中の君に迫る（宿り木）

一

薫《かおる》は翌日の夕方に二条の院の中の君を訪《たず》ねた。中の君を恋しく思う心の添った人であるから、わけもなく服装などが気になり、柔らかな衣服に、備わるが上の薫香《くんこう》をたきしめて来たのであったから、あまりにも高いにおいがあたりに散り、常に使っている丁字《ちょうじ》染めの扇が知らず知らず立てる香などさえ美しい感じを覚えさせた。中の君も昔のあの夜のことが思い出されることもないのではなかったから、父宮と姉君への愛の深さが認識されるにつけても、運命が姉の意志のままになっていたのであったらと心の動揺を覚えたかもしれない。少女ではないのであるから、恨めしい方の心と比べてみて、何につけてもりっぱな薫がわかったのか、平生あまりに遠々しくもてなしていて気の毒であった、人情にうとい女だとこの人が思うかもしれぬと思い、今日は前の室の御簾《みす》の中へ入れて、自身は中央の室の御簾に几帳《きちょう》を添え、少し後ろへ身を引いた形で対談をしようとした。

「お招きくだすったのではありませんが、来てもよろしいとのお許しが珍しくいただけましたお礼に、すぐにもまいりたかったのですが、宮様が来ておいでになると承ったものですから、御都合がお悪いかもしれぬと御遠慮を申して今日にいたしました。これは長い間の私の誠意がようやく認められてまいったのでしょうか。遠さの少し減った御簾の中へお席をいただくことにもなりました。珍しいですね」

と薫の言うのを聞いて、中の君はさすがにまた恥ずかしくなり、言葉が出ないように思うのであったが、

「この間の御親切なお計らいを聞きまして、感激いたしましました心を、いつものようによく申し上げもいたしませんでは、どんなに私がありがたく存じておりますかしれませんような気持ちの一端をさえおわかりになりますまいと残念だったものですから」

と羞《は》じらいながらできるだけ言葉を省いて言うのが絶え絶えほのかに薫へ聞こえた。

「たいへん遠いではありませんか。細かなお話もし、あなたからも承りたい昔のお話もあるのですから」

こう言われて中の君は道理に思い、少し身じろぎをして几帳のほうへ寄って来たかすかな音にさえ、衝動を感じる薫であったが、さりげなくいっそう冷静な様子を作りながら、宮の御誠意が案外浅いものであったとお譏《そし》りするようにも言い、また中の君を慰めるような話をも静々としていた。中の君としては宮をお恨めしく思う心などは表へ出してよいことではないのであるから、ただ人生を悲しく恨めしく思っているというふうに紛らして、言葉少なに憂鬱《ゆううつ》なこの

ごろの心持ちを語り、宇治の山荘へ仮に移ることを薫の手で世話してほしいと頼む心らしく、その希望を告げていた。

「その問題だけは私の一存でお受け合いすることができかねます。宮様へ素直《すなお》にお頼みになりまして、あの方の御意見に従われるのがいいと思いますがね、そうでなくば御感情を害することになって、軽率だとお怒りになったりしましては将来のためにもよくありません。それでなく穏やかに御同意をなされればあちらへのお送り迎えを私の手でどんなにでも都合よく計らいますのにはばかりがあるものですか。夫人をお託しになっても危険のない私であることは宮様がよくご存じです」

こんなことを言いながらも、話の中に自分は過去にしそこねた結婚について後悔する念に支配ばかりされていて、もう一度昔を今にする工夫《くふう》はないかということを常に思うとほのめかして次第に暗くなっていくころまで帰ろうとしない客に中の君は迷惑を覚えて、

「それではまた、私は身体《からだ》の調子もごく悪いのでございますから、こんなふうでない時がございましたら、お話をよく伺わせていただきます」

と言い、引っ込んで行ってしまいそうになったのが残念に思われて、薫は、

「それにしてもいつごろ宇治へおいでになろうとお思いになるのですか。伸びてひどくなっていました庭の草なども少しきれいにさせておきたいと思います」

と、機嫌《きげん》を取るために言うと、しばらく身を後ろへずらしていた中の君がまた、

「もう今月はすぐ終わるでしょうから、来月の初めでもと思います。それは忍んですればいいでしょう。皆の同意を得たりしますようなたいそうなことにいたしませんでも」

と答えた。その声が非常に可憐《かれん》であって、平生以上にも大姫君と似たこの人が薫の心に恋しくなり、次の言葉も口から出ずよりかかっていた柱の御簾の下から、静かに手を伸ばして夫人の袖《そで》をつかんだ。中の君はこんなことの起こりそうな予感がさっきから自分にあって恐れていたのであると思うと、とがめる言葉も出すことができず、いっそう奥のほうへいざって行こうとした時、持った袖について、親しい男女の間のように、薫は御簾から半身を内に入れて中の君に寄り添って横になった。

「私が間違っていますか、忍んでするのがいいとお言いになったのをうれしいことと取りましたのは聞きそこねだったのでしょうかと、それをもう一度お聞きしようと思っただけです。他人らしくお取り扱いにならないでもよいはずですが、無情なふうをなさるではありませんか」

こう薫に恨まれても夫人は返辞をする気にもならないで、思わず憎みの心の起こるのをしいておさえながら、

「なんというお心でしょう、こんな方とは想像もできませんようなことをなさいます。人がどう思うでしょう、あさましい」

とたしなめて、泣かんばかりになっているのにも少し道理はあるとかわいそうに思われる薫が、

「これくらいのことは道徳に触れたことでも何でもありませんよ。これほどにしてお話をした昔を思い出してください。亡《な》くなられた女王《にょおう》さんのお許しもあった私が、近づいたからといって、奇怪なことのように見ていらっしゃるのが恨めしい。好色漢がするような無礼な心を持つ私でないと安心していらっしゃい」

と言い、激情は見せずゆるやかなふうにして、もう幾月か後悔の日ばかりが続き、苦しいまでになっていく恋の悩みを、初めからこまごまと述べ続け、反省して去ろうとする様子も見せないため、中の君はどうしてよいかもわからず、悲しいという言葉では全部が現わせないほど悲しんでいた。知らない他人よりもかえって恥ずかしく、いとわしくて、泣き出したのを見て、薫は、

「どうしたのですか、あなたは、少女らしい」

こう非難をしながらも、非常に可憐《かれん》でいたいたしいふうのこの人に、自身を衛《まも》る隙《すき》のないところと、豊かな貴女《きじょ》らしさがあって、あの昔見た夜よりもはるかに完成された美の覚えられることによって、自身のしたことであるが、これを他の人妻にさせ、苦しい煩悶《はんもん》をすることとなったとくやしくなり、薫もまた泣かれるのであった。

二

夫人［中の君］のそばには二人ほどの女房が侍していたのであるが、知らぬ男の闖入《ちんにゅう》したのであれば、なんということをとも言って中の君を助けに出るのであろうが、この中納言のように親しい間柄の人がこの振舞《ふるまい》をしたのであるから、何か訳のあることであろうと思う心から、近くにいることをはばかって、素知らぬ顔を作り、あちらへ行ってしまったのは夫人のために気の毒なことである。中納言［薫］は昔の後悔が立ちのぼる情炎ともなって、おさえがたいのであったであろうが、夫人の処女時代にさえ、どの男性もするような強制的な結合は遂げようとしなかった人であるから、ほしいままな行為はしなかった。こうしたことを細述することはむずかしいと見えて筆者へ話した人はよくも言ってくれなかった。

どんな時を費やしても効《かい》のないことであって、そして人目に怪しまれるに違いないことであると思った薫は帰って行くのであった。まだ宵《よい》のような気でいたのに、もう夜明けに近くなっていた。こんな時刻では見とがめる人があるかもしれぬと心配がされたというのも中の君の名誉を重んじてのことであった。妊娠のために身体の調子を悪くしているという噂《うわさ》も事実であった。恥ずかしいことに思い、見られまいとしていた上着の腰の上の腹帯にいたましさを多く覚えて一つはあれ以上の行為に出なかったのである、例のことではあるが臆病《おくびょう》なのは自分の心であると思われる薫であったが、思いやりのないことをするのは自分の本意でない、一時の衝動にまかせてなすべからぬことをしてしまっては今後の心が静かでありえようはずもなく、人目を忍んで通って行くのも苦労の多いことであろうし、宮のことと、その新しいことでもこもごもにあの人が煩悶をするであろうことが想像できるではないかなどとまた賢い反省はしてみても、それでおさえきれる恋の火ではなく、別れて出て来てすでにもう逢いたく恋しい心はどうしようもなかった。どうしてもこの恋を成立させないでは生きておられないようにさえ思うのも、返す返すあやにくな薫の心というべきである。昔より少し痩《や》せて、気高《けだか》く可憐《かれん》であった中の君の面影が身に添ったままでいる気がして、ほかのことは少しも考えられない薫になっていた。宇治へ非常に行きたがっているようであったが、宮［匂宮］がお許しになるはずもない、そうかといって忍んでそれを行なわせることはあの人のためにも、自分のためにも世の非難を多く受けることになってよろしくない。どんなふうな計らいをすれば、世間体のよく、また自分の恋の遂げられることにもなるであろうと、そればかりを思って虚《うつ》ろになった心で、物思わしそうに薫は家に寝ていた。

中の君、薫に妹を紹介（宿り木）

帰宅した匂宮は、中の君の衣装に薫の芳香がついていることをあやしんで彼女を責めた。薫は中の君やその女房の衣装が古びていたことを思って、衣類を送ってやった。

一

庭のほうへ目をやって見ると、秋の日が次第に暗くなり、虫の声だけが何にも紛れず高く立っているが、築山のほうはもう闇《やみ》になっている。こんな時間になっても驚かずしめやかなふうで柱によりかかって、去ろうと薫のしないのに中の君はやや当惑を感じていた。「恋しさの限りだにある世なりせば」（つらきをしひて歎かざらまし）などと低い声で薫は口ずさんでから、

「私はもうしかたもない悲しみの囚《とりこ》になってしまったのです。どこか閑居をする所がほしいのですが、宇治辺に寺というほどのものでなくとも一つの堂を作って、昔の方の人型《ひとがた》（祓《はらい》をして人に代わって川へ流すもの）か肖像を絵に描《か》かせたのかを置いて、そこで仏勤めをしようという気に近ごろなりました」

と言った。

「身にしむお話でございますけれど、人型とお言いになりますので『みたらし川にせし禊《みそぎ》』（恋せじと）というようなことが起こるのではないかという不安も覚えられます。代わりのものは真のものでございませんからよろしくございませんから昔の人に気の毒でございますね。黄金《こがね》を与えなければよくは描《か》いてくれませんような絵師があるかもしれぬと思われます」

こう中の君は言う。

「そうですよ。その絵師というものは決して気に入った肖像を作ってくれないでしょうからね。少し前の時代にその絵から真実の花が降ってきたとかいう伝説の絵師がありますがね、そんな人がいてくれればね」

何を話していても死んだ人を惜しむ心があふれるように見えるのを中の君は哀れにも思い、自身にとって一つの煩わしさにも思われるのであったが、少し御簾《みす》のそばへ寄って行き、

「人型とお言いになりましたことで、偶然私は一つの話を思い出しました」

と言い出した。その様子に常に超《こ》えた親しみの見えるのが薫はうれしくて、

「それはどんなお話でしょう」

こう言いながら几帳の下から中の君の手をとらえた。煩わしい気持ちに中の君はなるのであったが、どうにかしてこの人の恋をやめさせ、安らかにまじわっていきたいと思う心があるため、女房へも知らせぬようにさりげなくしていた。

「長い間そんな人のいますことも私の知りませんでした人が、この夏ごろ遠い国から出てまいりまして、私のここにいますことを聞いて音信《たより》をよこしたのですが、他人とは思いませんもの、はじめて聞いた話を軽率《けいそつ》にそのまま受け入れて親しむこともできぬような気になっておりましたのに、それが先日ここへ逢《あ》いにまいりました。その人の顔が不思議なほど亡《な》くなりました姉［大君］に似ていましたのでね、私は愛情らしいものを覚えたのです。形見に見ようと思召すのには適当でございませんことは、女たちも姉とはまるで違った育ち方の人のようだと言っていたことで確かでございますが、顔や様子がどうしてあんなにも似ているのでしょう。それほどなつながりでもございませんのに」

この中の君の言葉を薫はあるべからざる夢の話ではないかとまで思って聞いた。

「しかるべきわけのあることであなたをお慕いになっておいでになったのでしょう。どうしてただ今までその話を少しもお聞かせくださらなかったのでしょう」

「でも古い事実は私に否定も肯定もできなかったのでございますからね。何のたよりになるものも持たずにさすらっている者もあるだろうとおっしゃって、気がかりなふうにお父様が時々お洩《も》らしになりましたことなどで思い合わされることもあるのですが、過去の不幸だった父がまたそんなことで冷嘲《れいちょう》されますことの添いますのも心苦しゅうございまして」

中の君のこの言葉によれば、八の宮のかりそめの恋のお相手だった人が得ておいた形見の姫

君らしいと薫は悟った。大姫君に似たと言われたことに心が惹《ひ》かれて、

「そのよくおわかりにならないことはそのままでもいいのですから、もう少しくわしくお話をしてくださいませんか」

と中納言［薫］は望んだが、羞恥《しゅうち》を覚えて中の君は細かなことを言って聞かせなかった。

「その人を知りたく思召すのでございましたら、その辺と申すことくらいはお教え申してもいいのでございますが、私もくわしくは存じません。またあまり細かにお話をいたせばいやにおなりになることに違いございませんし」

「幻術師を遠い海へつかわされた話にも劣らず、あの世の人を捜し求めたい心は私にもあるのです。そうした故人の生まれ変わりの人と見ることはできなくても、現在のような慰めのない生活をしているよりはと思う心から、その方に興味が持たれます。人型として見るのに満足しようとする心から申せば山里の御堂《みどう》の本尊を考えないではおられません。なおもう少し確かな話を聞かせてくださいませんか」

中納言は新しい姫君へにわかに関心を持ち出して中の君を責めるのだった。

「でもお父様が子と認めてお置きになったのでもない人のことを、こんなにお話ししてしまいますのは軽率なことなのですが、神通力のある絵師がほしいとお思いになるあなたをお気の毒に思うものですから」

こう言ってから、さらに、

「長く遠い国でなど育てられていましたことで、その母が不憫《ふびん》がりまして、私の所へいろいろと訴えて来ましたのを、冷淡に取り合わずにいることはできないでいますうちに、ここへまいったのです。ほのかにしか見ることができませんでしたせいですか、想像していましたよりは見苦しくなく見えました。どういう結婚をさせようかと、それを母親は苦労にしている様子でしたが、あなたの御堂の仏様にしていただきますことはあまりに過分なことだと思います。それほどの資格などはどうしてあるものではありません」

など夫人［中の君］は言った。それとなく自分の恋を退ける手段として中の君の考えついたことであろうと想像される点では恨めしいのであったが、故人に似たという人にはさすがに心の惹《ひ》かれる薫であった。自分の恋をあるまじいこととは深く思いながらも、あらわに侮蔑《ぶべつ》を見せぬのも中の君が自分へ同情があるからであろうと思われる点で興奮をして中納言が話し続けているうちに夜もふけわたったのを、夫人は人目にどう映ることかという恐れを持って、相手の隙《すき》を見て突然奥へはいってしまったのを、返す返すも道理なことであると思いながらも薫は、恨めしい、くちおしい気持ちが静められなくて涙までもこぼれてくる不体裁さに恥じられもして、複雑な悶《もだ》えをしながらも、感情にまかせた乱暴な行為に出ることは、恋人のためにも自分のためにも悪いことであろうと、しいて反省をして、平生よりも多く歎息をしながら辞去した。

薫、浮舟を発見（宿り木）

中の君は男子を産んだ。一方、薫は今上帝の皇女である女二宮と結婚した。帝の婿として薫の権勢は大きなものとなったが、薫は大君の面影を忘れられず、宇治へと赴く。

一

賀茂《かも》の祭りなどがあって、世間の騒がしいころも過ぎた二十幾日に薫はまた宇治へ行った。建造中の御堂を見て、これからすべきことを命じてから、古山荘を訪《たず》ねずに行くのは心残りに思われて、そのほうへ車をやっている時、女車で、あまりたいそうなのではないが一つ、荒々しい東国男の腰に武器を携えた侍がおおぜい付き、下僕の数もおおぜいで、不安のなさそうな旅の一行が橋を渡って来るのが見えた。田舎《いなか》風な連中であると見ながら下《お》りて、大将は山荘の内にはいり、前駆の者などがまだ門の所で騒がしくしている時に見ると、宇治橋を来た一行もこの山荘をさして来るものらしかった。随身《ずいじん》たちががやがやというのを薫《かおる》は制して、だれかとあとから来る一行を尋ねさせてみると、妙ななまり声で、

「前常陸守《ひたちのかみ》様のお嬢様が初瀬《はせ》のお寺へお詣《まい》りになっての帰りです。行く時もここへお泊まりに

なったのです」

　と答えたのを聞いて、薫はそれであった、話に聞いた人であったと思い出して、従者たちは見えない所へ隠すようにして入れ、

「早くお車を入れなさい。もう一人ここへ客に来ている人はありますが、心安い方で隠れたお座敷のほうにおられますから」

　とあとの人々へ言わせた。薫の供の人々も皆狩衣《かりぎぬ》姿などで目にたたぬようにはしているが、やはり貴族に使われている人と見えるのか、はばかって皆馬などを後ろへ退《すさ》らせてかしこまっていた。

　車は入れて廊の西の端へ着けた。改造後の寝殿はまだできたばかりで御簾《みす》も皆は掛けてない。格子が皆おろしてある中の二間の間の襖子《からかみ》の穴から薫はのぞいていた。堅い上着が音をたてるのでそれは脱いで、直衣《のうし》と指貫《さしぬき》だけの姿になっていた。車の人はすぐにもおりて来ない、弁の尼の所へ人をやって、りっぱな客の来ていられる様子であるがどなたかというようなことを聞いているらしい。薫は車の主を問わせた時から山荘の人々に、自分が来ているとは決して言うなと口どめをまずしておいたので皆心得ていて、

「早くお降りなさいまし。お客様はおいでになりますが別のお座敷においでになります」

　と言わせた。

若い女房が一人車からおりて主人のために簾《すだれ》を掲げていた。警固の物々しい騎士たちに比べてこの女房は物馴《ものな》れた都風をしていた。年の行った女房がもう一人降りて来て、

「お早く」

と言う。

「何だか晴れがましい気がして」

と言う声はほのかであったが品よく聞こえた。

「またそれをおっしゃいます。こちらはこの前もお座敷が皆しまっていたではございませんか。あすこに人が見ねばどこに見る人がございましょう」

と女房はわかったふうなことを言う。恥ずかしそうにおりて来る人を見ると、その頭の形、全体のほっそりとした姿は薫に昔の人を思い出させるものであろうと思われた。扇をいっぱいに拡《ひろ》げて隠していて顔の見られないために薫は胸騒ぎを覚えた。車の床は高く、降りる所は低いのであったが、二人の女房はやすやすと出て来たにもかかわらず、苦しそうに下をながめて長くかかっておりた人は家の中へいざり入った。紅紫の袿《うちぎ》に撫子《なでしこ》色らしい細長を着、淡緑《うすみどり》の小袿を着ていた。向こうの室は薫ののぞく襖子《からかみ》の向こうに四尺の几帳《きちょう》は立てられてあるが、それよりも穴のほうが高い所にあるためすべてがこちらから見えるのである。この隣室をまだ令嬢は気がかりに思うふうで、あちら向きになって身を横たえていた。

「ほんとうにお気の毒でございました。泉河《いずみがわ》の渡しも今日は恐ろしゅうございましたね。二月の時には水が少なかったせいかよろしかったのでございます」

「なあに、あなた、東国の道中を思えばこわい所などこの辺にはあるものですか」

実際女房は二人とも苦しい気もなくこんなことを言い合っているが、主人は何も言わずにひれ伏していた。袖から見える腕《かいな》の美しさなども常陸《ひたち》さんなどと言われる者の家族とは見えず貴女《きじょ》らしい。薫は腰の痛くなるまで立ちすくんでいるのだったが、人のいるとは知らすまいとしてなおじっと動かずに見ていると、若いほうの女房が、

「まあよいにおいがしますこと、尼さんがたいていらっしゃるのでしょうか」

と驚いてみせた。老いたほうのも、

「ほんとうにいい香ね。京の人は何といっても風流なものですね。ここほどけっこうな所はないと御主人様は思召《おぼしめ》すふうでしたが、東国ではこんな薫香《くんこう》を合わせてお作りになることはできませんでしたね。尼さんはこうした簡単な暮らしをしていらっしゃってもよいものを着ていらっしゃいますわね、鈍《にび》色だって青色だって特別によく染まった物を使っていらっしゃるではありませんか」

と言ってほめていた。向こうのほうの縁側から童女が来て、

「お湯でも召し上がりますように」

と言い、折敷《おしき》に載せた物をいろいろ運び入れた。菓子を近くへ持って来て、

「ちょっと申し上げます。こんな物を召し上がりません」

と令嬢を起こしているが、その人は聞き入れない。それで二人だけで栗《くり》などをほろほろと音をさせて食べ始めたのも、薫には見馴《な》れぬことであったから眉《まゆ》がひそめられ、しばらく襖子の所を退《の》いて見たものの、心を惹《ひ》くものがあってもとの所へ来て隣の隙見《すきみ》を続けた。こうした階級より上の若い女を、中宮《ちゅうぐう》［明石中宮］の御殿をはじめとしてそこここで顔の美しいもの、上品なものを多く知っているはずの薫には、格別すぐれた人でなければ目にも心にもとどまらないために、人からあまりに美の観照点が違い過ぎるとまで非難されるほどであって、今目の前にいるのは何のすぐれたところもある人と見えないのであるが、おさえがたい好奇心のわき上がるのも不思議であった。

二

尼君は薫のほうへも挨拶《あいさつ》を取り次がせてよこしたのであるが、御気分が悪いとお言いになって、しばらく休息をしておいでになると、従者がしかるべく断わっていたので、この姫君を得たいように言っておいでになったのであるから、こうした機会に交際を始めようとして、夜を待つために一室にこもっているのであろうと解釈して、こうしてその人が隣室をのぞいている

とも知らず、いつもの薫の領地の支配者らが機嫌《きげん》伺いに来て重詰めや料理を届けたのを、東国の一行の従者などにも出すことにし、いろいろと上手《じょうず》に計らっておいてから、姿を改めて隣室へ現われて来た。先刻ほめられていたとおりに身ぎれいにしていて、顔も気品があってよかった。

「昨日お着きになるかとお待ちしていたのですが、どうなすって今日もこんなにお着きがおそくなったのでしょう」

こんなことを弁の尼が言うと、老いたほうの女が、

「お苦しい御様子ばかりが見えますものですから、昨日は泉河のそばで泊まることにしまして、今朝《けさ》も御無理なように見えましたから、そこをゆるりと立つことにしたものですから」

姫君〔浮舟〕を呼び起こしたために、その時やっとその人は起きてすわった。尼君に恥じて身体《からだ》をそばめている側面の顔が薫の所からよく見える。上品な眸《め》つき、髪のぐあいが大姫君の顔も細かによくは見なかった薫であったが、これを見るにつけてただこのとおりであったと思い出され、例のように涙がこぼれた。弁の尼が何か言うことに返辞をする声はほのかではあるが中の君にもまたよく似ていた。心の惹《ひ》かれる人である、こんなに姉たちに似た人の存在を今まで自分は知らずにいたとは迂闊《うかつ》なことであった。これよりも低い身分の人であっても恋しい面影をこんなにまで備えた人であれば自分は愛を感ぜずにはおられない気がするのに、まして

これは認めなかったというだけで八の宮の御娘ではないかと思ってみると、限りもなくなつかしさうれしさがわいてきた。今すぐにも隣室へはいって行き、「あなたは生きていたではありませんか」と言い、自身の心を慰めたい、蓬莱《ほうらい》へ使いをやってただ証《しるし》の簪《かんざし》だけ得た帝は飽き足らなかったであろう、これは同じ人ではないが、自分の悲しみでうつろになった心をいくぶん補わせることにはなるであろうと薫が思ったというのは宿縁があったものであろう。

浮舟の縁談（東屋）

浮舟の母である中将君は、薫から内密に申し入れを受けながらも、本気で愛情を注いでくれはしまいと思い、仲介する者のあった左近少将との縁談をすすめた。中将君の現在の夫は常陸守（実際の常陸守は親王が就くので、介を守と呼び習わしていた）という受領であったので豊かな財力があった。その財力に目をつけた求婚者も多かったのである。

一

常陸守の子は死んだ夫人ののこしたのも幾人かあり、この夫人の生んだ中にも父親が姫君と言わせて大事にしている娘があって、それから下にもまだ幼いのまで次々に五、六人はある。

上の娘たちには守《かみ》が骨を折って婿選びをし、結婚をさせているが、夫人の連れ子の姫君は別もののように思って、なんらの愛情も示さず、結婚について考えてやることもしないのを、妻［中将君］は恨めしがっていて、どうかしてすぐれた良人《おっと》を持たせ、姫君を幸福な人妻にさせてみたいと明け暮れそれを心がけていた。容貌《ようぼう》が十人並みのものであって、平凡な守《かみ》の娘と混ぜておいてもわからぬほどの人であれば、こんなに自分は見苦しいまでの苦労はしない、そうした人たちとは別もののように、もったいない貴女《きじょ》のふうに成人した姫君［浮舟］であったから、心苦しい存在なのであると夫人は思っていた。娘がおおぜいいると聞いて、ともかくも世間から公達《きんだち》と思われている人なども結婚の申し込みに来るのがおおぜいあった。前夫人の生んだ二、三人は皆相当な相手を選んで結婚をさせてしまった今は、自身の姫君のためによい人を選んで結婚をさせるだけでいいのであると思い、明け暮れ夫人は姫君を大事にかしずいていた。守《かみ》も賤《いや》しい出身ではなかった。高級役人であった家の子孫で、親戚《しんせき》も皆よく、財産はすばらしいほど持っていたから自尊心も強く、生活も派手《はで》に物好みを尽くしている割合には、荒々しい田舎《いなか》めいた趣味が混じっていた。若い時分から陸奥《むつ》などという京からはるかな国に行っていたから、声などもそうした地方の人と同じような訛《なまり》声の濁りを帯びたものになり、権勢の家に対しては非常に恭順にして恐れかしこむ態度をとる点などは隙《すき》のない人間のようでもあった。優美に音楽を愛するようなことには遠く、弓を巧みに引いた。たかが地方官階級だと軽蔑《けいべつ》もせずよい若い女房なども多く仕えていて、それらに美装をさせておくことを怠らないで、腰折歌《こしおれうた》の会、批判の会、庚申《こうしん》の夜の催しをし、人を集めて派手《はで》に見苦しく遊ぶいわゆる風流好きであったから、求婚者たちは、やれ貴族的であるとか、守の顔だちが上品であるとか、よいふうにばかりしいて言って出入りしている中に、左近衛《さこんえ》少将で年は二十二、三くらい、性質は落ち着いていて、学問はできると人から認められている男であっても、格別目だつ才気も持たないせいで、第一の結婚にも破れたのが、ねんごろに申し込んで来ていた。常陸夫人は多くの求婚者の中でこれは人物に欠点が少ない、結婚すれば不幸な娘によく同情もするであろう、風采《ふうさい》も上品である、これ以上の貴族は、どんなに富に寄りつく人は多いとしても、地方官の家へ縁組みを求めるはずはないのであるからと思い、姫君のほうへその手紙などは取り次いで、返事をするほうがよいと認める時には、書くことを教えて書かせなどしていた。夫人はひとりぎめをして、守は愛さないでも自分は姫君の婿を命がけで大事にしてみせる、姫君の美しい容姿を知ったなら、どんな人であっても愛せずにはおられまいと思い立って、八月ぐらいと仲人《なこうど》と約束をし、手道具の新調をさせ、遊戯用の器具なども特に美しく作らせ、巻き絵、螺鈿《らでん》の仕上がりのよいのは皆姫君の物として別に隠して、できの悪いのを守の娘の物にきめて良人《おっと》に見せるのであったが、守は何の識別もできる男でなかったからそれで済んだ。

座敷の飾りになるという物はどれもこれも買い入れて、秘蔵娘の居間はそれらでいっぱいで、わずかに目をすきから出して外がうかがえるくらいにも手道具を並べ立て、琴や琵琶の稽古《けいこ》をさせるために、御所の内教坊《ないきょうぼう》辺の楽師を迎えて師匠にさせていた。曲の中の一つの手事が弾《ひ》けたといっては、師匠に拝礼もせんばかりに守は喜んで、その人を贈り物でうずめるほどな大騒ぎをした。派手《はで》に聞こえる曲などを教えて、師匠が教え子と合奏をしている時には涙まで流して感激する。荒々しい心にもさすがに音楽はいいものであると知っているのであろう。こんなことを少し物を識《し》った女である夫人は見苦しがって、冷淡に見ていることで守は腹をたてて、俺《わし》の秘蔵子をほかの娘ほどに愛さないとよく恨んだ。

二

八月にと仲人から通じられていた左近少将はやっとその月が近づくと、同じことなら月の初めにと催促をして来た時、守の実の子でなく、母である自分一人が万事気をもんできた娘であることを言い、その真相を前に明らかにしておかねば婿になる人は、そんなことでのちに失望をすることがあるかもしれぬと思い、夫人は初めから仲へ立っていたその男を近くへ呼んで、

「今度お相手に選んでくださいました子につきましては、いろいろ遠慮がありましてね、こちらからお話を進める心はなかったのですが、前々からおっしゃってくださいますのを、先が並み並みの方でもいらっしゃらないためにもったいなくお気の毒に思われまして、お取り決めし

たのですが、お父様の今ではない方なのですから、私一人で仕度《したく》をしていまして、そんなことで不都合だらけでお気に入らぬことはないかと今から心配をしています。娘は何人もありますが、保護者の父親《てておや》のあります子は、そのほうで心配をしてくれますことと安心していまして、この方の身の納まりだけを私はいろいろと苦労にして考えていまして、たくさんの若い方をそれとなく観察していたのですが、不安に思われることがどこかにある方ばかりで、結婚にまで話を進められませんでしたのに、少将さんは同情心に厚い性質だと伺いまして、こちらの資格の欠けたのも忘れてお約束をするまでになったのですが、私の大事な方を愛してくださらないようなことが起こり、世間体までも悪くなることがあっては悲しいだろうと思われます」

と語った。

仲介者はさっそく少将の所へ行って、常陸夫人の言葉を伝えた。すると少将の機嫌《きげん》は見る見る悪くなった。

「初めから実子でないという話は少しも聞かなかったじゃないか。同じようなものだけれど、人聞きも一段劣る気がするし、出入りするにも家の人に好意を持たれることが少ないだろう。君はよくも聞かないでいいかげんなことを取り次いだものだね」

と少将が言うので仲人はかわいそうになり、

「私はもとよりくわしいことは知らなかったのですよ。あの家の内部に身内の者がいるものですから話をお取り次ぎしたのです。何人もの中で最も大切にかしずいている娘とだけ聞いていましたから、守の子だろうと信じてしまったのですよ。奥さんの連れ子があるなどとは少しも知りませんでした。容貌《ようぼう》も性質もすぐれていること、奥さんが非常に愛していて、名誉な結婚をさせようと大事がっていられることなどを聞いたものですから、あなたが常陸家に結婚を申し込むのによいってがないかと言っていらっしゃるのを聞いて、私にはそうしたちょっとした便宜がありますとお話ししたのが初めです。決していいかげんなことを言ったのではありませんよ。それは濡衣《ぬれぎぬ》というものです」

意地が悪くて多弁な男であったから、こんなふうに息まいてくるのを聞いていて、少将は上品でない表情を見せて言うのだった。

「地方官階級の家と縁組みをすることなどは人がよく言うことでないのだが、現代では貴族の婿をあがめて、後援をよくしてくれることに見栄《みえ》の悪さを我慢する人もあるようになったのだからね。どうせ同じようなものだとしても、世間には、わざわざ継《まま》娘の婿にまでなってあの家の余沢をこうむりたがったように見えるからね。源少納言や讃岐守《さぬきのかみ》は得意顔で出入りするであろうが、こちらはあまり好意を持たれない婿で通って行くのもみじめなものだよ」

仲人《なこうど》は追従男で、利己心の強い性質から、少将のためにも、自身のためにも都合よく話を変えさせようと思った。

「守の実の娘がお望みでしたら、まだ若過ぎるようでも、そう話をしてみましょうか。何人もの中で姫君と言わせている守の秘蔵娘があるそうです」

「しかしだね、初めから申し込んでいた相手をすっぽかして、もう一人の娘に求婚をするのも見苦しいじゃないか。けれど私は初めからあの守の人物がりっぱだから感心して、後援者になってほしくて考えついた話なのだ。私は少しも美人を妻にしたいと思ってはいないよ。貴族の家の艶《えん》な娘がほしければたやすく得られることも知っているのだ。しかし貧しくて風雅な生活を楽しもうとする人間が、しまいには堕落した行為もすることになり、人から人とも思われないようになっていくのを見ると、少々人には譏《そし》られても物質的に恵まれた生活がしたくなる。守に君からその話を伝えてくれて、相談に乗ってくれそうなら、何もそう義理にこだわっている必要もまたないのだ」

少将はこう言った。

三

仲人は妹が常陸家の継子《ままこ》の姫君［浮舟］の女房をしている関係で、恋の手紙なども取り次がせ始めたのであったが、守に直接逢《あ》ったこともないのだった。

仲人はあつかましく守の住居《すまい》のほうへ行って、

「申し上げたいことがあって伺いました」

と取り次がせた。守は自分の家へ時々出入りするとは聞いているが、前へ呼んだこともない男が、何の話をしようとするのであろうと、荒々しい不機嫌《ふきげん》な様子を見せたが、

「左近少将さんからのお話を取り次ぎますために」

と男が言わせたので逢った。仲人は取りつきにくく思うふうで近くへ寄って、

「少将さんは幾月か前から奥さんに、お嬢さんとの御結婚の話でおたよりをしておいでになったのですが、お許しになりまして、今月にと言ってくだすったものですから、吉日を選んでおいでになりますうちに、そのお嬢さんは奥さんのお子さんであっても常陸守さんのお嬢さんでない、公達《きんだち》が婿におなりになっては、世間でただ物持ちの余慶をこうむりたいだけで結婚したと悪くばかり言われるでしょう。地方官の婿になる人は私の主君のように大事がられて、手に載せるばかりにされるのを望んで縁組みをする人たちがあるのに、さすがにその望みも貫徹されず、あまり好意をも持たれぬ一段劣った婿で出入りをされるのはよろしくないとまあこんなふうな忠告をある人がしたのだそうです。それはその人だけでなく何人となく皆同じことを言ったそうで、少将さんは今どうすればいいかと煩悶《はんもん》をしておられます。初めから自分は実力のある後援者を得たいと思って、それに最も適した方として選んだ家なのだ。実子でないお嬢さんがあるなどとは少しも知らなかったのだから、初めからの志望どおりに、まだ年のお若い方が

幾人かいらっしゃるそうだから、そのお一人との結婚のお許しが得られたらうれしいだろう、この話を申し上げて思召《おぼしめ》しを伺って来いと申されたものですから」

など言った。常陸守は、

「そんな話の進行していたことなどを私はくわしく知りませんでした。私としては実子と同じようにしてやらなければならない人なのですが、つまらぬ子供もおおぜいいるものですから、意気地《いくじ》のない私は力いっぱいにその者らの世話にかかっていますと、家内は自身の娘だけを分け隔てをして愛さないと意地悪く言ったりしたことがありまして、私にいっさい口を入れさせなくなった人のことですから、ほのかに少将さんからお手紙が来るということだけは聞いていたのですが、私を信頼してくだすっての思召しとは知りませんでした。それは非常にうれしいお話です。私の特別かわいく思う女の子があります。おおぜいの子供の中に、その子だけは命に代えたいほどに愛されます。申し込まれる方はいろいろありますが、現代の人は皆移り気なふうになっていますから、娘に苦労をさせたくない心から、まだ相手をよう決めずにいます。どうにかして不安の伴わない結婚をさせたいと、毎日それればかりを思っていましたが、少将様におかせられては、御尊父様の故大将様にも若くからおそば近くまいっていた縁もありまして、身内の者としてお小さい時からおりこうなお生まれを知っておりましたから、今もお邸《やしき》へ伺候もしたく思いながら、続いて遠国に暮らすことになりましてからは、京にいますうちは何をいたすもおっくうで参候も実行できませんでしたような私へ、ありがたいお申し込みをしてくださいましたことは返す返す恐縮されます。仰せどおりに娘を差し上げますのはたやすいことですが、今までの計画を無視されたように思って家内から恨まれるという点で少しはばかられます」

　とこまごまと述べた。さいさきがよさそうであると仲人《なこうど》はうれしく思った。

「そんなことまでもお考えになる必要はございませんでしょう。少将さんのお心は、お母様はとにかく、お嬢さんのお父様お一人のお許しが得たいと願っていらっしゃるのでして、お年は若くても御実子のお嬢様で、たいせつにあそばしていらっしゃる方と御結婚の御同意が得られますことで十分満足されることでしょう。御実子でない方と連れ添って、まがい物の婿のようになることはしたくないと仰せになりました。人物はまことにごりっぱで、世間の評判もたいした方ですよ。若い公達《きんだち》といいましても、あの方だけは女に取り入ろうと気どることなどはさらない。下情にもよく通じておられます。領地は何か所もおありになるのですよ。現在の御収入は少ないようでも、貴族は家についた勢いというものがあるのですから、ただの人の物持ちになっていばっているのなどその比じゃありませんとも。来年は必ず四位《しい》におなりになるでしょう。この次の蔵人頭《くろうどのかみ》はまちがいなくあの方にあたると帝《みかど》が御自身でお約束になったんですよ。何の欠け目もない青年朝臣《あそん》でいて妻をまだ定《き》めないのはどうしたことだ、しかるべく選定して後見の舅《しゅうと》を定めるがいい。自分がいる以上高級官吏には今日明日にでも上げてやろうとそう帝は仰せになるのですよ。だれよりもいちばん帝の御信任を受けていられるのはあの少将さんなのですよ。実際御性格だってすぐれた重々しい人ですよ。理想的な婿君ではありませんか。幸いあちらからお話があるのですから、この場合にぐずぐずしていずに話をお定めになるのが上策でしょう。実際あちらには縁談が降るほどあるのですからね。あなたの躊躇《ちゅうちょ》して渋っておられるのが知れましたら、ほかの口の話をお定めになるでしょう。私はただあなたのためにこの御良縁をお勧めするのですよ」

四

仲人が出まかせなよいことずくめを言い続けるのを、驚くほど田舎《いなか》めいた心になっている守であったから、うれしそうに笑顔《えがお》をして聞いていた。

「現在の御収入の少ないことなどはお話しになる要はない。私が控えている以上は、頭の上へまでもささげて大事にしますよ。決して足らぬ思いはさせません。いつまでもお尽くしすることができずに中途で私が亡くなることがあっても、遺産の領地は一つだってあの娘以外に与えるものではありませんから、御安心くだすっていいのです。子供はおおぜいおりますが、あの娘にだけ私は特別な愛情を持っているのです。真心をもって愛してくださる方であれば、大臣の位置を得たく思いになり、うんと運動費を使いたくおなりになった時にも事は欠かせますまい。現在の帝がそれほど愛護される方では、もうそれで十分で、私などが手を出す必要もないくらいのものでしょう。帝の御後見以外のものは少将さんのためにも私の女の子のためにもたいした結果になりますまい」

守《かみ》がおおげさに承諾の意を表したために、仲人はうれしくなって、妹にこの事情も語らず、夫人のほうへも寄って行かずに帰り、仲人は守《かみ》の言ったことを、幸福そのものをもたらしたようにして少将へ報告した。少将は心に少し田舎者《いなかもの》らしいことを言うとは思ったが、うれしくないこともなさそうな表情をして聞いていた。大臣になる運動費でも出そうと言ったことだけはあまりな妄想《もうそう》であるとおかしかった。

「それについて奥さんのほうへは話して来たかね。奥さんの考えていた人と別な人と結婚をしようというのだからね。私の利己主義からそうなったなどと中傷をする人もあるだろうから、このことはどんなものだかね」

少し躊躇《ちゅうちょ》するふうを見せるのを仲人は皆まで言わせずに、

「そんな御心配は無用です。奥さんだって今度のお嬢さんを大事にしておられるのですからね。ただいちばん年長の娘さんで、婚期も過ぎそうになっている点で、前の方のことを心配して、そちらへ話をお取り次ぎになっただけのものですよ」

と言うのであった。今まではその人のことを特別に大事にしている娘であると言っていた同じ男の口から、にわかにこう言われるのを信じてよいかどうかわからぬとは少将も思ったが、やはり利己的な考えが勝ちを占めて、一度は恨めしがられ、誹謗《ひぼう》はされても、一生楽々と暮らしうることは願わしいと処世法の要領を得た男であったから、決心をして、夫人と約束をした日どりまでも変えずにその夜から常陸守《ひたちのかみ》の娘の所へ通い始めることにした。

夫人は良人《おっと》にも言わず一人で姫君の結婚の仕度《したく》をして、女房の服装を調べさせ、座敷の中などを品よく飾り、姫君には髪を洗わせ、化粧をさせてみると、少将などというほどの男の妻にするのは惜しいようで、憐《あわれ》むべき人である、父宮に子と認められて成長していたなら、たとえ宮のお亡《かく》れになったあとでも、源大将などの申し込みは晴れがましいことにもせよ、受け入れなくもなかったはずである、しかしながら自分の心だけではこうも思うものの、ほかから見れば守の子同然に思うことであろうし、また真相を知っても私生児と見てかえって軽蔑《けいべつ》するであろうことが悲しいなどと夫人は思い続けていた。

匂宮、浮舟を発見（東屋）

一　縁談の途中で、浮舟が常陸守の実子ではないことが分かると、左近少将は、実子の娘にのりかえて縁談をすすめた。このことに失望した母、常陸夫人（中将君）は、二条院に住む中の君のもとに浮舟を預けることにした。中の君と浮舟は、同じ八の宮の娘で面影も似通っていた。匂宮邸で、偶然に左近少将を見た常陸夫人は、物の数にも入らない従者のなかに少将が混じっているのに軽侮のこころをもよおした。逆に、匂宮の留守宅に訪れた薫の姿を見て、その高貴さにこころを打たれるのであった。

一

夕方に宮が西の対へおいでになった時に、夫人［中の君］は髪を洗っていた。女房たちも部《へ》屋《や》へそれぞれはいって休息などをしていて、夫人の居間にはだれというほどの者もいなかった。小さい童女を使いにして、

「おりの悪い髪洗いではありませんか。一人ぼっちで退屈をしていなければならない」

と宮は言っておやりになった。

「ほんとうに、いつもはお留守の時にお済ませするのに、せんだってうちはおっくうがりになってあそばさなかったし、今日が過ぎれば今月に吉日はないし、九、十月はいけないことになるしと思って、おさせしたのですがね」

と大輔は気の毒がり、若君も寝ていたのでお寂しかろうと思い、女房のだれかれをお居間へ

やった。

宮〔匂宮〕はそちらこちらと縁側を歩いておいでになったが、西のほうに見馴《な》れぬ童女が出ていたのにお目がとまり、新しい女房が来ているのであろうかとお思いになって、そこの座敷を隣室からおのぞきになった。間《あい》の襖子《からかみ》の細めにあいた所から御覧になると、襖子の向こうから一尺ほど離れた所に屏風《びょうぶ》が立ててあった。その間の御簾《みす》に添えて几帳が置かれてある。几帳の垂《た》れ帛《ぎぬ》が一枚上へ掲げられてあって、紫苑《しおん》色のはなやかな上に淡黄《うすき》の厚織物らしいのの重なった袖口《そでぐち》がそこから見えた。屏風の端が一つたたまれてあったために、心にもなくそれらを見られているらしい。相当によい家から出た新しい女房なのであろうと宮は思召して、立っておいでになった室《へや》から、女のいる室へ続いた庇《ひさし》の間《あい》の襖子をそっと押しあけて、静かにはいっておいでになったのをだれも気がつかずにいた。

向こう側の北の中庭の植え込みの花がいろいろに咲き乱れた、小流れのそばの岩のあたりの美しいのを姫君〔浮舟〕は横になってながめていたのである。初めから少しあいていた襖子をさらに広くあけて屏風の横から中をおのぞきになったが、宮がおいでになろうなどとは思いも寄らぬことであったから、いつも中の君のほうから通って来る女房が来たのであろうと思い、起き上がったのは、宮のお目に非常に美しくうつって見える人であった。例の多情なお心から、この機会をはずすまいとあそばすように、衣服の裾《すそ》を片手でお抑《おさ》えになり、片手で今はいっておいでになった襖子を締め切り、屏風の後ろへおすわりになった。

怪しく思って扇を顔にかざしながら見返った姫君はきれいであった。扇をそのままにさせて手をお捉《とら》えになり、

「あなたはだれ。名が聞きたい」

とお言いになるのを聞いて、姫君は恐ろしくなった。ただ戯れ事の相手として御自身は顔を外のほうへお向けになり、だれと知れないように宮はしておいでになるので、近ごろ時々話に聞いた大将なのかもしれぬ、においの高いのもそれらしいと考えられることによって、姫君ははずかしくてならなかった。乳母は何か人が来ているようなのがいぶかしいと思い、向こう側の屏風を押しあけてこの室へはいって来た。

「まあどういたしたことでございましょう。けしからぬことをあそばします」

と責めるのであったが、女房級の者に主君が戯れているのにとがめ立てさるべきことでもないと宮はしておいでになるのであった。はじめて御覧になった人なのであるが、女相手にお話をあそばすことの上手《じょうず》な宮は、いろいろと姫君へお言いかけになって、日は暮れてしまったが、

「だれだと言ってくれない間はあちらへ行かない」

と仰せになり、なれなれしくそばへ寄って横におなりになった。宮様であったと気のついた

乳母は、途方にくれてぼんやりとしていた。

二

「お明りは燈籠《とうろう》にしてください。今すぐ奥様［中の君］がお居間へおいでになります」とあちらで女房の言う声がした。そして居間の前以外の格子はばたばたと下《お》ろされていた。この室は別にして平生使用されていない所であったから、高い棚厨子《たなずし》一具が置かれ、袋に入れた屛風なども所々に寄せ掛けてあって、やり放しな座敷と見えた。こうした客が来ているために居間のほうからは通路に一間だけ襖子があけられてあるのである。そこから女房の右近という大輔《たゆう》の娘が来て、一室一室格子を下ろしながらこちらへ近づいて来る。

「まあ暗い、まだお灯《あか》りも差し上げなかったのでございますね。まだお暑苦しいのに早くお格子を下ろしてしまって暗闇《くらやみ》に迷うではありませんかね」

こう言ってまた下ろした格子を上げている音を、宮は困ったように聞いておいでになった。乳母もまたその人への体裁の悪さを思っていたが、上手に取り繕うこともできず、しかも気がさ者の、そして無智《むち》な女であったから、

「ちょっと申し上げます。ここに奇怪なことをなさる方がございますの、困ってしまいまして、私はここから動けないのでございますよ」

と声をかけた。何事であろうと思って、暗い室へ手探りではいると、袿姿《うちぎすがた》の男［匂宮］がよい香をたてて姫君の横で寝ていた。右近はすぐに例のお癖を宮がお出しになったのであろうとさとった。姫君が意志でもなく男の力におさえられておいでになるのであろうと想像されるために、

「ほんとうに、これは見苦しいことでございます。右近などは御忠告の申し上げようもございませんから、すぐあちらへまいりまして奥様にそっとお話をいたしましょう」

と言って、立って行くのを姫君も乳母もつらく思ったが、宮は平然としておいでになって、驚くべく艶美な人である、いったい誰なのであろうか、右近の言葉づかいによっても普通の女房ではなさそうであると、心得がたくお思いになって、何ものであるかを名のろうとしない人を恨めしがっていろいろと言っておいでになった。うとましいというふうも見せないのであるが、非常に困っていて死ぬほどにも思っている様子が哀れで、情味をこめた言葉で慰めておいでになった。

右近は北の座敷の始末を夫人［中の君］に告げ、

「お気の毒でございます。どんなに苦しく思っていらっしゃるでしょう」

と言うと、

「いつものいやな一面を出してお見せになるのだね。あの人のお母さんも軽佻《けいちょう》なことをなさ

る方だと思うようになるだろうね。安心していらっしゃいと何度も私は言っておいたのに」

こう中の君は言って、姫君を憐《あわれ》むのであったが、どう言って制しにやっていいかわからず、女房たちも少し若くて美しい者は皆情人にしておしまいになるような悪癖がおありになる方なのに、またどうしてあの人のいることが宮に知られることになったのであろうと、あさましさにそれきりものも言われない。

「今日は高官の方がたくさん伺候なすった日で、こんな時にはお遊びに時間をお忘れになって、こちらへおいでになるのがお遅《おそ》くなるのですものね、いつも皆奥様なども寝《やす》んでおしまいになっていますわね。それにしてもどうすればいいことでしょう。あの乳母《ばあや》が気のききませんことね。私はじっとおそばに見ていて、宮様をお引っ張りして来たいようにも思いましたよ」

などと右近が少将という女房といっしょに姫君へ同情をしている時、御所から人が来て、中宮［匂宮の母。明石中宮］が今日の夕方からお胸を苦しがっておいであそばしたのが、ただ今急に御容体が重くなった御様子であると、宮へお取り次ぎを頼んだ。

恋に溺れる男とそれに応える女（浮舟）

一

匂宮は一度の邂逅で、素性の知れない女への恋心をつのらせていた。薫は匂宮に気づかれないように浮舟を宇治に住まわせたが、匂宮は女の居所をつきとめてしまう。正月の宮中の行事を終えて、宇治へ赴いた薫は、浮舟を京へ迎えることを決める。一方の匂宮は、宮中の詩宴の夜、薫に対抗するかのように、雪のなか宇治へと赴く。

一

山荘では宮［匂宮］のほうから出向くからというおしらせを受けていたが、こうした深い雪にそれは御実行あそばせないことと思って気を許していると、夜がふけてから、右近［浮舟の侍女］を呼び出して従者が宮のおいでになったことを伝えた。うれしいお志であると姫君は感激を覚えていた。右近はこんなことが続出して、行く末はどうおなりになるかと姫君のために苦しくも思うのであるが、こうした夜によくもと思う心はこの人にもあった。お断わりのしようもないとして、自身と同じように姫君から睦《むつ》まじく思われている若い女房で、少し頭のよい人を一人相談相手にしようとした。

「少しめんどうな問題なのですが、その秘密を私といっしょに姫君のために隠すことに骨を折ってくださいな」

と言ったのであった。そして二人で宮を姫君［浮舟］の所へ御案内した。途中で濡れておいでになった宮のお衣服から立つ高いにおいに困るわけであったが、大将［薫］のにおいのように紛らわせた。

夜のうちにお帰りになることは、逢いえぬ悲しさに別れの苦しさを加えるだけのものになるであろうからと思召した宮は、この家にとどまっておいでになる窮屈さもまたおつらくて、時方《ときかた》に計らわせて、川向いのある家へ恋人を伴って行く用意をさせるために先へそのほうへおやりになった内記［時方。匂宮の従者］が夜ふけになってから山荘へ来た。

「すべて整いましてございます」

と時方は取り次がせた。にわかに何事を起こそうとあそばすのであろうと右近の心は騒いで、不意に眠りからさまされたのでもあったから身体がふるえてならなかった。子供が雪遊びをしているようにわなわなとふるえていた。どうしてそんなことをと異議をお言わせになるひまもお与えにならず宮は姫君を抱いて外へお出になった。右近はあとを繕うために残り、侍従［浮舟の侍女］に供をさせて出した。はかないあぶなっかしいものであると山荘の人が毎日ながめていた小舟へ宮は姫君をお乗せになり、船が岸を離れた時にははるかにも知らぬ世界へ伴って行かれる気のした姫君は、心細さに堅くお胸へすがっているのも可憐に宮は思召された。有明《ありあけ》の月が澄んだ空にかかり、水面も曇りなく明るかった。

「これが橘《たちばな》の小嶋でございます」

と言い、船のしばらくとどめられた所を御覧になると、大きい岩のような形に見えて常磐木《ときわぎ》のおもしろい姿に繁茂した嶋が倒影もつくっていた。
「あれを御覧なさい。川の中にあってははかなくは見えますが千年の命のある緑が深いではありませんか」
とお言いになり、
　年経《ふ》とも変はらんものか橘の小嶋の崎《さき》に契るこころは
とお告げになった。女［浮舟］も珍しい楽しい路《みち》のような気がして、
　橘の小嶋は色も変はらじをこの浮舟ぞ行くへ知られぬ
こんなお返辞をした。月夜の美と恋人の艶《えん》な容姿が添って、宇治川にこんな趣があったかと宮は恍惚《こうこつ》としておいでになった。
対岸に着いた時、船からお上がりになるのに、浮舟《うきふね》の姫君を人に抱かせることは心苦しくて、宮が御自身でおかかえになり、そしてまた人が横から宮のお身体《からだ》をささえて行くのであった。見苦しいことをあそばすものである、何人《なにびと》をこれほどにも大騒ぎあそばすのであろうと従者たちはながめた。

二

時方の叔父《おじ》の因幡守《いなばのかみ》をしている人の荘園の中に小さい別荘ができていて、それを宮はお用い

になるのである。まだよく家の中の装飾などもととのっていず、網代屏風《あじろびょうぶ》などという宮はお目にもあそばしたことのないような荒々しい物が立ててある。風を特に防ぐ用をするとも思われない。垣《かき》のあたりにはむら消えの雪がたまり、今もまた空が曇ってきて小降りに降る雪もある。そのうち日が雲から出て軒の垂氷《つらら》の受ける朝の光とともに人の容貌《ようぼう》も皆ひときわ美しくなったように見えた。宮は人目をお避けになるために軽装のお狩衣姿であった。浮舟の姫君の着ていた上着は抱いておいでになる時お脱がせになったので、繊細《きやしゃ》な身体つきが見えて美しかった。自分は繕いようもないこんな姿で、高雅なまぶしいほどの人と向かい合っているのではないかと浮舟は思うのであるが、隠れようもなかった。少し着馴《な》らした白い衣服を五枚ばかり重ねているだけであるが、袖口から裾のあたりまで全体が優美に見えた。いろいろな服を多く重ねた人よりも上手《じょうず》に着こなしていた。宮は御妻妾でもこれほど略装になっているのはお見馴れにならないことであったから、こんなことさえも感じよく美しいとばかりお思われになった。侍従もきれいな若女房であった。右近だけでなくこの人にまで自分の秘密を残りなく見られることになったのを浮舟は苦しく思った。宮も右近のほかのこの女房のことを、

「何という名かね。自分のことを言うなよ」

と仰せられた。侍従はこれを身に余る喜びとした。別荘守《もり》の男から主人と思って大事がられるために、時方は宮のお座敷には遣戸《やりど》一重隔てた室まで得意にふるまっていた。声を縮めるよ

うにしてかしこまって話す男に、時方は宮への御遠慮で返辞もよくすることができず心で滑稽《こっけい》のことだと思っていた。

「恐ろしいような占いを出されたので、京を出て来てここで謹慎をしているのだから、だれも来させてはならないよ」

と内記は命じていた。

だれも来ぬ所で宮はお気楽に浮舟と時をお過ごしになった。この間大将が来た時にもこうしたふうにして逢ったのであろうとお思いになり、宮は恨みごとをいろいろと仰せられた。夫人の女二《にょに》の宮《みや》を大将がどんなに尊重して暮らしているかというようなこともお聞かせになった。

三

謹慎日を二日間ということにしておありになったので、あわただしいこともなくゆっくりと暮らしておいでになるうちに相思の情は深くなるばかりであった。右近は例のように姫君のためにその場その場を取り繕い、言い紛らして衣服などを持たせてよこした。次の日は乱れた髪を少し解かさせて、深い紅の上に紅梅色の厚織物などの取り合わせのよい服装を浮舟はしていた。侍従も平常《ふだん》用の裳《も》を締めたまま来ていたのが、あとから送ってこられたきれいなものにすべて脱ぎ変えたので、脱いだほうの裳を宮は浮舟にお掛けさせになり手水を使わせておいでになった。女一《にょいち》の宮《みや》〔今上帝第一皇女。匂宮の同母姉〕の女房にこの人を上げたらどんなにお喜びになって大事にされることであろう、大貴族の娘も多く侍しているのであるが、これほどの容貌《きりょう》の人はほかにないであろうと、裳を着けた姿からふとこんなことも宮はお思いになった。見苦しいまでに戯れ暮らしておいでになり、忍んでほかへ隠してしまう計画について繰り返し繰り返し宮はお話しになるのである。それまでに大将が来ても兄弟以上の親しみを持たぬというようなことを誓えとお言いになるのを、女は無理なことであると思い、返辞をすることができず、涙までもこぼれてくる様子を御覧になり、自分の目前ですらその人に引かれる心を隠すことができぬかと胸の痛くなるようなねたましさも宮はお覚えになった。恨み言も言い、御自身のお心もちを泣いてお告げになりもしたあとで、第三日めの未明に北岸の山荘へおもどりになろうとして、例のように抱いて船から姫君をお伴いになるのであったが、

「あなたが深く愛している人も、こんなにまで奉仕はしないでしょう。わかりましたか」

とお言いになると、そうであったというように思って、浮舟がうなずいているのが可憐《かれん》であった。右近は妻戸を開いて姫君を中へ迎えた。そのまま別れてお帰りにならねばならぬのも、飽き足らぬ悲しいことに宮は思召した。

偽装の葬儀（蜻蛉）

浮舟の失踪後、不吉な予感のなか、その書き置きから宇治川への入水を知る。身辺の世話をしていた右近は、混乱する常陸夫人（中将君）に、これまでの出来事を告げた。

雨の降る最中に常陸《ひたち》夫人が来た。遺骸があっての死は悲しいといっても無常の世にいては、どれほど愛していた人でもある時は甘んじて受けなければならぬのが人生の掟《おきて》であるが、これは何と思いあきらめてよいことかと悲しがった。苦しい恋の結末をそうしてつけたことなどは想像のできぬことで、身を投げたなどとは思い寄ることもできず、鬼が食ってしまったか、狐《きつね》というようなものが取って行ったのであろうか、昔の怪奇な小説にはそんなこともあるがと夫人は思うのであった。また常に恐れている大将［薫］の正妻の宮［今上帝第二皇女］の周囲に性質の悪い乳母というような者がいて、薫《かおる》が浮舟をここへ隠して置いてあることを知り、だまして人につれ出させるようなことがあったのではあるまいかと、召使いに疑いをかけて、

「近ごろ来た女房で気心の知れなかったのがいましたか」

と問うた。

「そんなのはあまりにこちらが寂しいと申していやがりまして、辛抱《しんぼう》もできませんで、京へお移りになればすぐにまいりますというような挨拶《あいさつ》をしまして、仕事などだけを引き受けて持って帰ったりしまして、現在ここにいるのはございません」

答えはこうであった。もとからいた女房も実家へ行っていたりして人数は少ない時だったのである。侍従［浮舟の侍女］などはそれまでの姫君［浮舟］の煩悶を知っていて、死んでしまいたいと言って泣き入っていたことを思い、書いておいたものを読んで「なきかげに」という歌も硯《すずり》の下にあったのを見つけては、騒がしい響きを立てる宇治川が姫君を呑《の》んでしまったかと、恐ろしいものとしてそのほうが見られるのであった。ともかくも死んでおしまいになった人が、どこへだれに誘拐《ゆうかい》されて行っているかというように疑われているのは気の毒なことであると右近［浮舟の侍女］と話し合い、あの秘密の関係も自発的に招いた過失ではないのであるから、親である人に死後に知られても姫君として多く恥じるところもないのであると言い、ありのままに話して、五里霧中に迷っているような心境をだけでも救いたいと夫人を思い、また故人も遺骸を始末するのが世の常の営みなのであるから、そのまま空で悲しんでばかりいることをしていては日が重なるにしたがい秘密は早く世の中へ知られてしまうことでもある、その体裁も相談して作るほうがよい、どうしても真実を母夫人に知らす必要があるとして、ひそかに兵部卿の宮［匂宮］との関係、そののち大将［薫］に秘密を悟られて姫君が煩悶した話をするのであったが、語る人も魂が消えるようになり、聞く人もさらに予期せぬ悲哀の落ち重なってきたふためきをどうすることもできないふうであった。それではこの荒い川へ身を投げて死んだのかと思うと、母の夫人は自身もそこへはいってしまいたい気を覚えた。流れて行ったほうを捜させて遺骸だけでも丁寧に納めたいと夫人は言いだしたが、もう大海へ押し流されたに違いない、効果は収めることができずに人の噂だけが高くなることははばからなければならぬことを二人は忠告した。どうすればよいかと思うと胸がせき上がってくる気のする常陸夫人は、どうと定めることもできずに茫《ぼう》としているのを二人がたすけて、車を寄せさせて姫君の常に坐《ざ》していた敷き物、身近に置いた手道具、もぬけになっていた夜具などを入れ、乳母の子の僧と、それの叔父《おじ》にあたる阿闍梨《あじゃり》、そのまた親しい弟子《でし》、もとから心安い老僧などで忌中を籠《こも》ろうとして来ていた人たちなどだけに真実のことを知らせ遺骸のあってする葬式のように繕わせて出す時、乳母は悲しがって泣き転《まろ》んだ。宇治の五位、その舅《しゅうと》の内舎人《うちとねり》などという以前に嚇《おど》しに来た人たちが来て、

「お葬式のことは殿様〔薫〕と御相談なすってから、日どりもきめてりっぱになさるのがよろしいでしょう」

などと言っていたが、

「どうしても今夜のうちにしたい理由《わけ》があるのです、目だたぬようにと思う理由もあるのです」

と言い、その車を川向かいの山の前の原へやり、人も近くは寄せずに、真実のことを知らせてある僧たちだけを立ち合わせて焼いてしまった。火は長くも燃えていなかった。田舎《いなか》の人はこうした作法はかえって都人より大事にするもので、そしてこの場合の縁起を言ったりすることもうるさいほどにするものであったから、大家の夫人の葬儀とも思われぬ貧弱な式であったと譏《そし》る人があったり、また側室であった人の場合はこんなふうにして済まされるのが京の風俗であるなどと言ったり、いずれにもせようれしくない取り沙汰《ざた》を人はした。そうした階級の人がどう思ったかということさえもつつましいこの場合に、大将が遺骸も残さず死んだと聞いては必ずどこかへ失踪《しっそう》をしてしまったことと疑うであろうし、親族関係の濃い宮様のほうへその話の伝わってゆかぬはずもない、その時に宮がお隠しになったと大将は思うまい、どんな人が隠しているかと思い想像もされるに違いない、生きていた間は高い貴人たちに愛される運命を持った人が、死後に醜い疑いをかけられるのはもってのほかであると女房らは思い、山荘の中の下人たちにも今朝《けさ》姫君の姿の見えなかった騒ぎに、思わずも実相を悟らせることになった者らへは口堅めを厳重にし、知らなかったのにはあくまでも普通の死であったように取り繕うことに侍従と右近は骨を折った。時間がたったのちには浮舟の姫君が死を決意するまでの経過を宮へも大将へもお話しすることができようが、今は興ざめさせるような死に方を人の口から次へ次へと聞こえることは故人のために気の毒であると思い、この二人が自身らの責任を感じる心から深く隠すことに努めた。

救出された浮舟、出家を望む（手習）

横川の某僧都の母が、僧都の妹と奈良の長谷寺に参詣した帰途、宇治のあたりでにわかに発病した。僧都も母を心配してやってきた。故朱雀院の御領である宇治院（宇治川の北）に一行は宿をとろうとした。

一

そのころ比叡《ひえ》の横川《よかわ》に某《なにがし》僧都《そうず》といって人格の高い僧があった。八十を越えた母と五十くらいの妹を持っていた。この親子の尼君が昔かけた願果たしに大和《やまと》の初瀬《はせ》へ参詣《さんけい》した。僧都は親しくてよい弟子《でし》としている阿闍梨《あじゃり》を付き添わせてやったのであって、仏像、経巻の供養を初瀬では行なわせた。そのほかにも功徳のことを多くして帰る途中の奈良坂《ならざか》という山越えをしたころから大尼君のほうが病気になった。このままで京へまで伴ってはどんなことになろうもしれぬと、一行の人々は心配して宇治の知った人の家へ一日とまって静養させることにしたが、容体が悪くなっていくようであったから横川へしらせの使いを出した。僧都は今年《ことし》じゅう山から降りないことを心に誓っていたのであったが、老いた母を旅中で死なせることになってはならぬと胸を騒がせてすぐに宇治へ来た。ほかから見ればもう惜しまれる年齢でもない尼君であるが、孝心深い僧都は自身もし、また弟子の中の祈禱《きとう》の効験をよく現わす僧などにも命じていたこの客室での騒ぎを家主は聞き、その人は御嶽《みたけ》参詣のために精進潔斎《しょうじんけっさい》をしているころであったため、高齢の人が大病になっていてはいつ死穢《しえ》の家になるかもしれぬと不安がり、迷惑そうに蔭《かげ》で言っているのを聞き、道理なことであると気の毒に思われたし、またその家は狭く、座敷もきたないため、もう京へ伴ってもよいほどに病人はなっていたが、陰陽道《おんようどう》の神のために方角がふさがり、尼君たちの住居《すまい》のほうへは帰って行かれぬので、お亡《かく》れになった朱雀《すざく》院の御領で、宇治の院という所はこの近くにあるはずだと僧都は思い出し、その院守《いんもり》を知っていたこの人は、一、二日宿泊をさせてほしいと頼みにやると、ちょうど昨日初瀬へ家族といっしょに行ったと言い、貧相な番人の翁《おきな》を使いは伴って帰って来た。

「おいでになるのでございましたらがらっとしております寝殿をお使いになるほかはございませんでしょう。初瀬や奈良へおいでになる方はいつもそこへお泊まりになります」

と翁は言った。

「それでけっこうだ。官有の邸《やしき》だけれどほかの人もいなくて気楽だろうから」

僧都はこう言って、また弟子を検分に出した。番人の翁はこうした旅人を迎えるのに馴《な》れていて、短時間に簡単な設備を済ませて迎えに来た。僧都は尼君たちよりも先に行った。非常に荒れていて恐ろしい気のする所であると僧都はあたりをながめて、

「坊様たち、お経を読め」

などと言っていた。初瀬へついて行った阿闍梨と、もう一人同じほどの僧が何を懸念《けねん》したのか、下級僧にふさわしく強い恰好《かっこう》をした一人に炬火《たいまつ》を持たせて、人もはいって来ぬ所になっている庭の後ろのほうを見まわりに行った。森かと見えるほど繁《しげ》った大木の下の所を、気味の悪い場所であると思ってながめていると、そこに白いものの拡《ひろ》がっているのが目にはいった。あれは何であろうと立ちどまって炬火を明るくさせて見ると、それはすわった人の姿であった。

二

「狐《きつね》が化けているのだろうか。不届な、正体を見あらわしてやろう」

と言った一人の阿闍梨は少し白い物へ近づきかけた。

「およしなさい。悪いものですよ」

もう一人の阿闍梨はこう言ってとめながら、変化《へんげ》を退ける指の印を組んでいるのであったが、さすがにそのほうを見入っていた。髪の毛がさかだってしまうほどの恐怖の覚えられることでありながら、炬火を持った僧は無思慮に大胆さを見せ、近くへ行ってよく見ると、それは長く

つやつやとした髪を持ち、大きい木の根の荒々しいのへ寄ってひどく泣いている女なのであった。

「珍しいことですね。僧都様のお目にかけたい気がします」

「そう、不思議千万なことだ」

と言い、一人の阿闍梨は師へ報告に行った。

「狐が人に化けることは昔から聞いているが、まだ自分は見たことがない」

こう言いながら僧都は庭へおりて来た。

尼君たちがこちらへ移って来る用意に召使の男女がいろいろの物を運び込む騒ぎの済んだあとで、ただ四、五人だけがまた庭の怪しい物を見に出たが、さっき見たのと少しも変わっていない。怪しくてそのまま次の刻に移るまでもながめていた。

「早く夜が明けてしまえばいい。人か何かよく見きわめよう」

と言い、心で真言《しんごん》の頌《じゅ》を読み、印を作っていたが、そのために明らかになったか、僧都は、

「これは人だ。決して怪しいものではない。そばへ寄って聞いてみるがよい。死んではいない。あるいはまた死んだ者を捨てたのが蘇生《そせい》したのかもしれぬ」

と言った。

「そんなことはないでしょう。この院の中へ死人を人の捨てたりすることはできないことでご

ざいます。真実の人間でございましても、狐とか木精《こだま》とかいうものが誘拐《ゆうかい》してつれて来たのでしょう。かわいそうなことでございます。そうした魔物の住む所なのでございましょう」

と一人の阿闍梨は言い、番人の翁を呼ぼうとすると山響《やまびこ》の答えるのも無気味であった。翁は変な恰好《かっこう》をし、顔をつき出すふうにして出て来た。

「ここに若い女の方が住んでおられるのですか。こんなことが起こっているが」

と言って、見ると、

「狐の業《わざ》ですよ。この木の下でときどき奇態なことをして見せます。一昨年《おととし》の秋もここに住んでおります人の子供の二歳《ふたつ》になりますのを取って来てここへ捨ててありましたが、私どもは馴《な》れていまして格別驚きもしませんじゃった」

「その子供は死んでしまったのか」

「いいえ、生き返りました。狐はそうした人騒がせはしますが無力なものでさあ」

なんでもなく思うらしい。

「夜ふけに召し上がりましたもののにおいを嗅《か》いで出て来たのでしょう」

「ではそんなものの仕事かもしれん。まあとっくと見るがいい」

僧都は弟子たちにこう命じた。初めから怖気《おじけ》を見せなかった僧がそばへ寄って行った。

「幽鬼《おに》か、神か、狐か、木精《こだま》か、高僧のおいでになる前で正体を隠すことはできないはずだ、名を言ってごらん、名を」

と言って着物の端を手で引くと、その者は顔を襟《えり》に引き入れてますます泣く。

「聞き分けのない幽鬼《おに》だ。顔を隠そうたって隠せるか」

こう言いながら顔を見ようとするのであったが、心では昔話にあるような目も鼻もない女鬼《めおに》かもしれぬと恐ろしいのを、勇敢さを人に知らせたい欲望から、着物を引いて脱がせようとすると、その者はうつ伏しになって、声もたつほど泣く。何にもせよこんな不思議な現われは世にないことであるから、どうなるかを最後まで見ようと皆の思っているうちに雨になり、次第に強い降りになってきそうであった。

「このまま置けば死にましょう。垣根《かきね》の所へまででも出しましょう」

と一人が言う。

「真の人間の姿だ。人間の命のそこなわれるのがわかっていながら捨てておくのは悲しいことだ。池の魚、山の鹿《しか》でも人に捕えられて死にかかっているのを助けないでおくのは非常に悲しいことなのだから、人間の命は短いものなのだからね、一日だって保てる命なら、それだけでも保たせないではならない。鬼か神に魅入《みい》られても、また人に置き捨てにされ、悪だくみなどでこうした目にあうことになった人でも、それは天命で死ぬのではない、横死《おうし》をすることになるのだから、御仏《みほとけ》は必ずお救いになるはずのものなのだ。生きうるか、どうかもう少し手当をして湯を飲ませなどもして試みてみよう。それでも死ねばしかたがないだけだ」

と僧都《そうず》は言い、その強がりの僧に抱かせて家の中へ運ばせるのを、弟子たちの中に、

「よけいなことだがなあ。重い病人のおられる所へ、えたいの知れないものをつれて行くのでは穢《けが》れが生じて結果はおもしろくないことになるがなあ」

と非難する者もあった。また、

「変化《へんげ》のものであるにせよ、みすみすまだ生きている人をこんな大雨に打たせて死なせてしまうのはあわれむべきことだから」

こう言う者もあった。下《しも》の者は物をおおぎょうに言いふらすものであるからと思い、あまり人の寄って来ない陰のほうの座敷へ拾った人を寝させた。

三

秋になると空の色も人の哀愁をそそるようになり、門前の田は稲を刈るころになって、田舎《いなか》らしい催し事をし、若い女は唄《うた》を高声に歌ってはうれしがっていた。引かれる鳴子の音もおもしろくて浮舟は常陸《ひたち》に住んだ秋が思い出されるのであった。同じ小野ではあるが夕霧の御息《みやす》所《どころ》のいた山荘などよりも奥で、山によりかかった家であったから、松影が深く庭に落ち、風の音も心細い思いをさせる所で、つれづれになってはだれも勤行ばかりをする仏前の声が寂し

く心をぬらした。尼君は月の明るい夜などに琴を弾《ひ》いた。少将の尼［妹尼に仕える尼女房］という人は琵琶《びわ》を弾いて相手を勤めていた。

「音楽をなさいますか。でなくては退屈でしょう」

と尼君は姫君に言っていた。昔も母の行く国々へつれまわられていて、静かにそうしたものの稽古《けいこ》をする間もなかった自分は風雅なことの端も知らないで人となった、こんな年のいった人たちさえ音楽の道を楽しんでいるのを見るおりおりに浮舟《うきふね》の姫君はあわれな過去の自身が思い出されるのであった。そして何の信念も持ちえなかった自分であったとはかなまれて、手習いに、

身を投げし涙の川の早き瀬にしがらみかけてたれかとどめし

こんな歌を書いていた。よいことの拾い出せない過去から思えば将来も同じ薄命道を続けて歩んで行くだけであろうと自身がうとましくさえなった。

四

夕方に僧都が寺から来た。南の座敷が掃除《そうじ》され装飾されて、そこを円《まる》い頭が幾つも立ち動くのを見るのも、今日の姫君［浮舟］の心には恐ろしかった。僧都は母の尼の所へ行き、

「あれから御機嫌《ごきげん》はどうでしたか」

などと尋ねていた。

「東の夫人［妹尼］は参詣《さんけい》に出られたそうですね。あちらにいた人［浮舟］はまだおいでですか」

「そうですよ。昨夜《ゆうべ》は私の所へ来て泊まりましたよ。身体《からだ》が悪いからあなたに尼の戒を受けさせてほしいと言っておられましたよ」

と大尼君は語った。そこを立って僧都は姫君の居間へ来た。

「ここにいらっしゃるのですか」

と言い、几帳《きちょう》の前へすわった。

「あの時偶然あなたをお助けすることになったのも前生の約束事と私は見ていて、祈禱《きとう》に骨を折りましたが、僧は用事がなくては女性に手紙をあげることができず、御無沙汰《ごぶさた》してしまいました。こんな人間離れのした生活をする者の家などにどうして今までおいでになりますか」

こう僧都は言った。

「私はもう生きていまいと思った者ですが、不思議なお救いを受けまして今日《きょう》までおりますのが悲しく思われます。一方ではいろいろと御親切にお世話をしてくださいました御恩は私のようなあさはかな者にも深く身に沁《し》んでかたじけなく思われているのでございますから、このままにしていましてはまだ生き続けることができない気のいたしますのをお助けくだすって尼にしてくださいませ。ぜひそうしていただきとうございます。生きていましてもとうてい普通の身ではおられない気のする私なのでございますから」

　と姫君は言う。

「まだ若いあなたがどうしてそんなことを深く思い込むのだろう。かえって罪になることですよ。決心をした時は強い信念があるようでも、年月がたつうちに女の身をもっては罪に堕《お》ちて行きやすいものなのです」

　などと僧都は言うのであったが、

「私は子供の時から物思いをせねばならぬ運命に置かれておりまして、母なども尼にして世話がしたいなどと申したことがございます。まして少し大人になりまして人生がわかりかけてきましてからは、普通の人にはならずにこの世でよく仏勤めのできる境遇を選んで、せめて後世《ごせ》にだけでも安楽を得たいという希望が次第に大きくなっておりましたが、仏様からそのお許しを得ます日の近づきますためか、病身になってしまいました。どうぞこのお願いをかなえてくださいませ」

　浮舟の姫君はこう泣きながら頼むのであった。不思議なことである、人に優越した容姿を得ている人が、どうして世の中をいとわしく思うようになったのだろう、しかしいつか現われてきた物怪《もののけ》もこの人は生きるのをいとわしがっていたと語った。理由のないことではあるまい、この人はあのままおけば今まで生きている人ではなかったのである。悪い物怪にみいられ始めた人であるから、今後も危険がないとは思えないと僧都は考えて、

「ともかくも思い立って望まれることは御仏の善行として最もおほめになることなのです。私自身僧であって反対などのできることではありません。尼の戒を授けるのは簡単なことですが、御所の急な御用で山を出て来て、今夜のうちに宮中へ出なければならないことになっていますからね、そして明日から御修法《みしほ》を始めるとすると七日して退出することになるでしょう。その時にしましょう」

僧都はこう言った。尼夫人［妹尼］がこの家にいる時であれば必ずとめるに違いないと思うと、遂行が不可能になるのが残念に思われる浮舟の君は、

「ただ病気のためにそういたしましたようになりましては効力が少のうございましょう。私はかなり身体《からだ》の調子が悪いのでございますから、重態になりましたあとでは形式だけのことのようになるのが残念でございますから、無理なお願いではございますが今日《こんにち》に授戒をさせていただきとうございます」

と言って、姫君は非常に泣いた。

五

単純な僧の心にはこれがたまらず哀れに思われて、

「もう夜はだいぶふけたでしょう。山から下って来ることを、昔は何とも思わなかったものだが、年のいくにしたがって疲れがひどくなるものだから、休息をして御所へまいろうと私は思ったのだが、そんなにも早いことを望まれるのならさっそく戒を授けましょう」

と言うのを聞いて浮舟はうれしくなった。鋏《はさみ》と櫛《くし》の箱の蓋《ふた》を僧都の前へ出すと、

「どこにいるかね、坊様たち。こちらへ来てくれ」

僧都は弟子《でし》を呼んだ。はじめに宇治でこの人を発見した夜の阿闍梨《あじゃり》が二人とも来ていたので、それを座敷の中へ来させて、

「髪をお切り申せ」

と言った。道理である、まれな美貌《びぼう》の人であるから、俗の姿でこの世にいては煩累となることが多いに違いないと阿闍梨らも思った。そうではあっても、几帳《きちょう》の垂帛《たれぎぬ》の縫開《ぬいあ》けから手で外へかき出した髪のあまりのみごとさにしばらく鋏の手を動かすことはできなかった。

座敷でこのことのあるころ、少将の尼は、それも師の供をして下って来た兄の阿闍梨と話すために自室に行っていた。左衛門《さえもん》［妹尼の侍女］も一行の中に知人があったため、その僧のも

てなしに心を配っていた。こうした家ではそれぞれの懇意な相手ができていて、馳走《ちそう》をふるまったりするものであったから。こんなことでこもき〔妹尼の女童〕だけが姫君の居間に侍していたのであるが、こちらへ来て、少将の尼に座敷でのことを報告した。少将があわてふためいて行って見ると、僧都は姫君に自身の法衣《ほうえ》と袈裟《けさ》を仮にと言って着せ、

「お母様のおいでになるほうにと向かって拝みなさい」

と言っていた。方角の見当もつかないことを思った時に、忍びかねて浮舟は泣き出した。

「まあなんとしたことでございますか。思慮の欠けたことをなさいます。奥様がお帰りになりましてどうこれをお言いになりましょう」

少将はこう言って止めようとするのであったが、信仰の境地に進み入ろうと一歩踏み出した人の心を騒がすことはよろしくないと思った僧都が制したために、少将もそばへ寄って妨げることはできなかった。「流転三界中《るてんさんがいちゅう》、恩愛不能断《おんあいふのうだん》」と教える言葉には、もうすでにすでに自分はそれから解脱《げだつ》していたではないかとさすがに浮舟をして思わせた。多い髪はよく切りかねて阿闍梨が、

「またあとでゆるりと尼君たちに直させてください」

と言っていた。額髪の所は僧都《そうず》が切った。

「この花の姿を捨てても後悔してはなりませんぞ」

などと言い、尊い御仏の御弟子の道を説き聞かせた。出家のことはそう簡単に行くものでないと尼君たちから言われていたことを、自分はこうもすみやかに済ませてもらった。生きた仏はかくのごとく効験を目《ま》のあたりに見せるものであると浮舟は思った。

僧都の一行の出て行ったあとはまたもとの静かな家になった。夜の風の鳴るのを聞きながら尼女房たちは、

「この心細い家にお住みになるのもしばらくの御辛抱《しんぼう》で、近い将来に幸福な御生活へおはいりになるものと、あなた様のその日をお待ちしていましたのに、こんなことを決行しておしまいになりまして、これからをどうあそばすつもりでございましょう。老い衰えた者でも出家をしてしまいますと、人生へのつながりがこれで断然切れたことが認識されまして悲しいものでございますよ」

なおも惜しんで言うのであったが、

「私の心はこれで安静が得られてうれしいのですよ。人生と隔たってしまったのはいいことだと思います」

こう浮舟は答えていて、はじめて胸の開けた気もした。

薫の手紙に浮舟、返事せず（夢の浮橋）

薫は横川に僧都を訪ね、事のあらましを聞いた。僧都は、浮舟を出家させたことを後悔した。ふもとの小野では浮舟が初夏の闇のなか、薫の一行がたいまつの火を連ねて下山していくのを眺めていた。薫は人目をはばかって小野には立ち寄らず、浮舟の弟の小君を遣わした。

一

「山の僧都［横川僧都］のお手紙を持っておいでになった方があります」

と女房がしらせに来た。怪しく尼君は思うのであるが、今度のがものを分明にしてくれる兄の手紙であろう、使いでもあろうと思い、

「こちらへ」

と言わせると、きれいなきゃしゃな姿で美装した童《わらべ》［小君］が縁を歩いて来た。円座を出すと、御簾《みす》の所へ膝《ひざ》をついて、

「こんなふうなお取り扱いは受けないでいいように僧都はおっしゃったのでしたが」

その子はこう言った。尼君が自身で応接に出た。持参された僧都の手紙を受け取って見ると、

入道の姫君［浮舟］の御方へ、山よりとして署名が正しくしてあった。

まちがいではないかということもできぬ気がして姫君は奥のほうへ引っ込んで、人に顔も見合わせない。平生も晴れ晴れしくふるまう人ではないが、こんなふうであるために、

「どうしたことでしょう」

などと言い、尼君が僧都の手紙を開いて読むと、
今朝《けさ》この寺へ右大将殿［薫］がおいでになりまして、あなたのことをお聞きになりましたため、初めからのことをくわしく皆お話しいたしました。深い相思の人をお置きになって、いやしい人たちの中にまじり、出家をされましたことは、かえって仏がお責めになるべきことであるのを、お話から承知し、驚いております。しかたのないことです。もとの夫婦の道へお帰りになって、一方が作る愛執の念を晴らさせておあげになり、なお一日の出家の功徳は無量とされているのですから、もとに帰られたあとも御仏をおたよりになされるがよろしいと私は申し上げます。いろいろのことはまた自身でまいって申し上げましょう。また十分ではなくてもこの小君が今日のことをあなたに通じてくださるかと思います。

書面を見れば事が明瞭《めいりょう》になるはずであっても、姫君のほかの人はまだわけがわからぬとばかり思っていた。

「あの小君は何にあたる方ですか、恨めしい方、今になってもお隠しなさるのね」

と尼君に責められて、少し外のほうを向いて見ると、来た小君は自殺の決心をした夕べにも恋しく思われた弟であった。同じ家にいたころはまだわんぱくで、両親の愛におごっていて、憎らしいところもあったが、母［中将君］が非常に愛していて、宇治へもときどきつれて来たので、そのうち少し大きくもなっていて双方で姉弟《きょうだい》の愛を感じ合うようになっていた子であると思い出してさえ夢のようにばかり浮舟には思われた。何よりも母がどうしているかと聞きたく思われるのであった。他の人々のことは近ごろになってだれからともなく噂《うわさ》が耳にはいるのであったが、母の消息はほのかにすらも知ることができなかったと思うと、弟を見たことでいっそう悲しくなり、ほろほろ涙をこぼして姫君は泣いた。小君は美しくて少し似たところもあるように他人の目には思われるのであったから、

「御姉弟《きょうだい》なのでしょう。お話ししたく思っていらっしゃることもあるでしょうから、座敷の中へお通ししましょう」

と尼君が言う。それには及ばぬ、もう自分は死んだものとだれも思ってしまったのであろうのに、今さら尼という変わった姿になって、身内の者に逢うのは恥ずかしいと浮舟は思い、しばらく黙っていたあとで、

「身の上をくらましておきますために、いろいろなことを言うかとお思いになるのが恥ずかしくて、何もこれまでは申されなかったのですよ。想像もできませんような生きた屍《しかばね》になって

おりました私を、御覧になったのはあなたですが、どんなに醜いことだったでしょう。私の無感覚で久しくおりましたうちに精神というものもどうなってしまったのですか、過去のことは自身のことでありながら思い出せないでいますうち、紀伊守《きいのかみ》とお言いになる人が世間話をしておいでになったうちに、私の身の上ではないかとほのかに記憶の呼び返されることがございました。それからのちにいろいろと考えてみましても、はかばかしく心によみがえってくる事実はないのですが、私のために一人の親であった母は今どうしておられるだろうとそればかりは始終思われて恋しくも悲しくもなるのでしたが、今日見ますと、この少年は小さい時に見た顔のように思われまして、それによって忍びがたい気持ちはしますが、そんな人たちにも私の生きていることは知られたくないと思いますから、逢わないことにしたいと思います。もし生きておりましたならば今申しました母にだけは逢いとうございます。僧都《そうず》様が手紙にお書きになりました人などには断然私はいないことにしてしまいたいと思うのでございます。なんとか上手《じょうず》にお言いくだすって、まちがいだったというようにおっしゃって、お隠しくださいませ」

と浮舟の姫君は言った。

二

「むずかしいことだと思いますね。僧都さんの性質は僧というものはそんなものであるという以上に公明正大なのですからね、もう何の虚偽もまじらぬお話をお伝えしてしまいなすったでしょうよ。隠そうとしましてもほかからずんずん事実が証明されてゆきますよ。それに御身分が並み並みのお姫様ではいらっしゃらないのだし」

この尼君から聞き、姫君が女王《にょおう》様であったということにだれも興奮していて、

「ひどく気のお強いことになりますから」

皆で言い合わせて浮舟のいる室《へや》との間に几帳《きちょう》を立てて少年を座敷に導いた。この子も姉君は生きているのだと聞かされてきているが、姉弟らしくものを言いかけるのに羞恥《しゅうち》も覚えて、

「もう一つ別なお手紙も持って来ているのですが、僧都のお言葉によってすべてが明らかになっていますのに、どうしてこんなに白々しくお扱いになりますか」

とだけ伏し目になって言った。

「まあ御覧なさい、かわいらしい方ね」

などと尼君は女房に言い、

「お手紙を御覧になる方はここにいらっしゃるとまあ申してよいのですよ。こうしてあつかましく出ていますわれわれはまだ何がどうであったのかも理解できないでおります。だからあなたから私たちに話してください。お小さい方をこうしたお使いにお選びになりましたのにはわけもあることでしょう」

と少年［小君］に言った。

「知らない者のようにお扱いになる方の所ではお話のしようもありません。お愛しくださらなくなった私からはもう何も申し上げません。ただこのお手紙は人づてでなく差し上げるようにと仰せつけられて来たのですから、ぜひ手ずからお渡しさせてください」

こう小君が言うと、

「もっともじゃありませんか、そんなに意地をかたく張るものではありませんよ。あなたは優しい方だのに、一方では手のつけられぬ方ですね」

と尼君は言い、いろいろに言葉を変えて勧め、几帳のきわへ押し寄せたのを知らず知らずそのままになってすわっている人の様子が、他人でないことは直感されるために、そこへ手紙を差し入れた。

「お返事を早くいただいて帰りたいと思います」

うといふうを見せられることが恨めしく、少年は急ぐように言う。尼君は大将の手紙を解いて姫君に見せるのであった。昔のままの手跡で、紙のにおいは並みはずれなまでに高い。ほのかにのぞき見をして風流好きな尼君は美しいものと思った。

尼におなりになったという、なんとも言いようのない、私にとっては罪なお心も、僧都の高潔な心に逢って、私もお許しする気になって、そのことにはもう触れずに、過去のあの時の悲しみがどんなものであったかということだけでも話し合いたいとあせる心はわれながらもあき足らず見えます。まして他人の目にはどんなふうに映るでしょう。

と書きも終わっていないないで次の歌がある。

　法《のり》の師を訪《たづ》ぬる道をしるべにて思はぬ山にふみまどふかな

この人をお見忘れになったでしょうか。私は行くえを失った方の形見にそば近く置いて慰めにながめている少年です。

とも書かれてあった。こう詳細に知って書いてある人に存在の紛らしようもない自分ではないか、そうかといってその人にも、願わぬことにもかかわらず変わった姿を見つけられた時の恥ずかしさはどうであろうと浮舟《うきふね》は煩悶して、もともと弱々しい性質のこの人はなすことも知らないふうになっていた。さすがに泣いてひれ伏したままになっているのを、

「あまりに並みをはずれた御様子ね」

と言い、尼君は困っていた。どうお返事を言えばいいのかと責められて、

「今は心がかき乱されています。少し冷静になりましてから返事をいたしましょう。昔のことを思い出しましても少しもお話しするようなことは見いだせません。ですから落ち着きましたらこのお手紙の心のわかることがあるかもしれません。今日はこのまま持ってお帰しください。ひょっといただく人が違っていたりしては片腹痛いではございませんか」

と姫君は言い、手紙は拡《ひろ》げたままで尼君のほうへ押しやった。

「それでは困るのではありませんか。あまりに失礼な態度をお見せになるのでは、そばにいる人も申しわけがありません」

多くの言葉でこんなことの言われるのも不快で、顔までも上に着た物の中へ引き入れて浮舟は寝ていた。

主人の尼君は少年の話し相手に出て、

「物怪《もののけ》の仕業《しわざ》でしょうね。普通のふうにお見えになる時もなくて始終御病気続きでね。それで落飾もなすったのを、御縁のある方が訪ねておいでになった時に、これでは申しわけがないとそばにいて気をもんでおりましたとおりに、大将さんの奥様でおありになったのでございますってね。それをはじめて承知いたしまして、なんともお詫《わ》びのしかたもないように思います。ずっと御気分は晴れ晴れしくないのですが、思いがけぬ御消息のございましたことでまたお心も乱れるのでしょう。平生以上に今日はお気むずかしくなっていらっしゃるようですよ」

などと語っていた。山里相応な饗応《きょうおう》をするのであったが、少年の心は落ち着かぬらしかった。

「私がお使いに選ばれて来ましたことに対しても何かひと言だけは言ってくださいませんか」

「ほんとうに」

と言い、それを伝えたが、姫君はものも言われないふうであるのに、尼君は失望して、

「ただこんなようにたよりないふうでおいでになったと御報告をなさるほかはありますまい。はるかに雲が隔てるというほどの山でもないのですから、山風は吹きましてもまた必ずお立ち寄りくださるでしょう」

と小君《こぎみ》に言った。期待もなしに長くとどまっていることもよろしくないと思って少年は去ろうとした。恋しい姿の姉に再会する喜びを心にいだいて来たのであったから、落胆して大将邸へまいった。

大将〔薫〕は少年の帰りを今か今かと思って待っていたのであったが、こうした要領を得ないふうで帰って来たのに失望し、その人のために持つ悲しみはかえって深められた気がして、いろいろなことも想像されるのであった。だれかがひそかに恋人として置いてあるのではあるまいかなどと、あのころ恨めしいあまりに軽蔑《けいべつ》してもみた人であったから、その習慣で自身でもよけいなことを思うとまで思われた。

解説　与謝野晶子と『源氏物語』

加藤　孝男

与謝野晶子訳『源氏物語』は、近代を代表する名著である。

晶子が、明治・大正・昭和を通じて一流の歌人であったことは、誰しもが認めることだ。そのような彼女の手によって、『源氏物語』が甦ったのは、『新訳源氏物語』（一九一二～一九一三年、金尾文淵堂）が最初である。それまで『源氏物語』の部分訳は存在したが、全体を現代語に訳すこころみは皆無であった。その集大成とも言えるものが『新新訳源氏物語』（一九三八～一九三九年、金尾文淵堂）であり、これが後に角川文庫をはじめ、様々なメディアで公開され、現在も多くの読者を獲得している。その意味でも、晶子源氏は、近代・現代を代表する名著なのである。

晶子は、源氏研究に生涯を賭けた。若い時代からこの物語を繰り返し読み、そのエッセンスを歌や文章につづってきた。そもそも晶子の生家のある堺（現在の堺市堺区宿院町）は、かつての住吉大社の神社領であった。この住吉が『源氏物語』のなかでも、重要な意味をもつことは、本書をお読み頂ければ分かる。源氏は須磨、明石への自己流謫（なかば追放）の末、住吉の神を信じる明石入道と出会い、その娘と結婚する。

中央政界へ返り咲いたのちも源氏は、非業の死を遂げた母のいた桐壺に、明石の君との娘を送り込んで、男の子まで産ませるのであるから、すごい住吉の霊験譚なのである。

住吉大社は、瀬戸内海沿いに同名の神社を多くもち、それが航海の安全を祈った神であることが分かる。と同時に、大阪の住吉は、和歌の神としても知られる。王朝人にとって、和歌の技術を洗練することは、みずからの出世や恋愛を成就することにもつながっていた。

晶子は与謝野鉄幹と知り合った時、住吉大社へお参りに行く。まさに与謝野晶子を大歌人に育てたのが住吉の力であったのかもしれない。晶子は、夫である鉄幹（寛）と、和歌（短歌）と、『源氏物語』の三つの力によって、歴史にその名を残したのである。

しかし、晶子と『源氏』との関係は、決して平坦なものではなかった。かつて「源氏物語講義」として書きついだ一千枚にも及ぶ草稿が、関東大震災の火災によって、灰燼に帰してしまったことは有名である。このことは晶子を深く落胆させたし、その悲劇からしばらく立ち直ることができなかった。しかし、彼女は不死鳥の如く甦り、『源氏物語』の全訳を完成させた。

戦時中のことであった。だが、『新新訳』の出版された年には、大手の出版社から谷崎潤一郎訳の『源氏』が刊行され、晶子の本は、顧みられることがなかったのだ。

紫式部の『源氏物語』がそうであったように、すぐれた著作は口伝えに読者の輪を広げていく。戦後の社会にそれは、じわじわと多くの読者を獲得していった。谷崎の訳が学者（山田孝雄）の添削によって、原文に忠実な訳に仕上がったのに対し、晶子の訳はその息づかいが聞こえるほどに血肉化されている。

吉本隆明は、この晶子の訳をたいへん評価して、『源氏』を晶子訳で通読してから、要所、要所を原文で点検することをすすめている。（『源氏物語論』）

いまでは様々な訳が出版されて、読者は好みによって好きな訳を選び取ることができるようになった。しかし、本当の意味で人を感動させる訳というものは少ない。晶子の訳は、著作権が切れたことから「青空文庫」にも入り、無料で閲覧できるようになった。また、朗読ブック（「オーディブル」）などにも採用されて、クオリティーの高い朗読で味わうこともできる。

われわれはそんな与謝野訳を、一冊で読むことができるようにした。一冊というのは、週末の土、日で読むことのできる分量を意味する。『源氏』を一冊にすることは、たいへん困難を伴う作業であった。最初はたやすく考えていたが、これが途方もなく大変なのだ。なぜなら『源氏』というものは、五十四帖もの長さをもちながら、無駄な箇所というものがほどんどないからである。共同編集者である伊勢光氏は、大学の同僚で、『源氏物語』の専門家である。二人で案を持ち寄りながら、なかなかカットできずに多くの日々を過ごしたのである。

『源氏物語』は、作者も、原文もすでに失われてしまった。が、そのリアリティー溢れる文章は、今に生き延びている。ここでは、そのエッセンスを残して、晶子の名訳でお届けする。ここにあるのは、単なるあらすじではなく、これを読めば『源氏物語』五十四帖がクリアな感覚で楽しめるはずである。

まずこの一冊で『源氏』を読み、さらに晶子の『新新訳源氏物語』全巻を通読していただければ幸いである。また、それでも飽き足りない方は、『源氏』の原文にぜひチャレンジしてもらいたい。

解説　新・『源氏物語』の誕生

伊勢　光

『源氏物語』（以下『源氏』）は、千年前の作品であるだけに原作者についても原文についても非常に曖昧模糊としている。

原作者は紫式部なる宮廷女房だと一応言われている。しかし「桐壺」から「夢浮橋」まで彼女が一人で書いた確証は全くない。与謝野晶子は「藤裏葉」巻までは紫式部、「若菜」巻からは娘の大弐三位の手になるものと考えている（『新新訳源氏物語』あとがき）。その説について詳しく述べる余裕はないが、「若菜」巻の前と後では文章の組み立てが違うという論拠には一定の説得力があり、研究者たちに影響を与えた。現在、定説になっている池田亀鑑の「源氏物語三部構成説」には晶子の影がちらつく。

そして、成立当時の『源氏』がどんなものだったかも全く分からない。本書解説で加藤孝男氏が「作者も、原文もすでに失われてしまった」と言うのは、そういう意味だろう。平安時代の『源氏』は絵巻の詞書など一部を除いてほとんど失われてしまった。今私たちが読んでいる『源氏』は、例えば藤原定家がみずからの所蔵していた『源氏』を当時流布していた本と校合して書写制作した、鎌倉期の『源氏』である。その「定家本」以前の『源氏』がどういったものであったか、今となってはブラックボックスと言う他ない。ともあれ現在の教科書の『源氏』や、書店に並んでいる『源氏』は多く「定家本」を比較的忠実に写したと思しい大島本（故・大島雅太郎氏の所蔵による）という写本から活字化されている（大島本は、室町期の写本なので、私たちは正確には室町期の『源氏』を読んでいるということになる）。

ただ、晶子が参照した『源氏』は、大島本のような比較的純度の高い「定家本」系統の本ではないらしい、というのが最新の研究で分かってきた（神野藤昭夫『よみがえる与謝野晶子の源氏物語』花鳥社　二〇二二年　第四章「畢生の訳業『新新訳源氏物語』はどのように生まれ流布したか」）。神野藤氏は「晶子は『定本源氏物語新解』によって、『新新訳』の訳業を進めた、そう判断してよさそうとの心証を得た」（三五六頁）と言うが、この『定本源氏物語新解』（全三冊）（明治書院　一九二五〜三〇年）は、「定家本」をもとにしながらも「河内本」という別系統の本文を積極的に取り入れて作られた本なのであった。

「河内本」とは、これも鎌倉期に源親行（河内守）が手に入る限りの写本を集めて校合し作り上げた、いわば混成本である。「定家本」では意味の取りづらい箇所、言葉足らずな箇所でも「河内本」ではスラスラ読めるといった場合が多く、中世には「河内本」の方がよく読まれていた。樋口一葉や川端康成といった近代の文学者が愛読した十七世紀成立の注釈書『源氏物語湖月抄』も、よく読むと相当「河内本」的な本文が紛れ込んでいる。晶子は『湖月抄』について「寧ろ原著を誤る杜撰の書だと思つて居る」(「新訳源氏物語の後に」)と難じているが、こと訳出に関しては『湖月抄』同様「河内本」的な表現を含む本(『定本源氏物語新解』)を用いているようなのだ。

この『定本源氏物語新解』は現在の『源氏』研究観から言えば、多様な写本の「いいとこ取り」をしているわけで、評価の高い本ではない。現在は「藤原定家が書写した「定家本」の原点に立ち戻ろう」という考え方が一般的である。ブラックボックスである平安期の本文再建は諦め、藤原定家という不世出の古典学者の識見に全てを託そうというのである。わずかに数帖だけ残った定家自筆本、それを忠実に模写したらしいが八帖しか残らない明融本、そして明融本に次ぐ善本とされる大島本を使って底本を作るというのが戦後から今に続くスタンダードである。特に岩波書店が刊行した『新日本古典文学大系　源氏物語』(全五冊)(一九九三〜九七年)、岩波文庫『源氏物語』(全九冊)(二〇一七〜二一年)は、大島本が欠く「浮舟」巻以外の五十三帖は全て大島本を用い、なるべく諸本を混成せずに「定家本」『源氏』を読もうという見識が貫かれている。そうした現在のスタンダードからすれば、晶子が拠った底本は「不純」な本であるということになる。

だが、平安期の本文が現存しない中、そもそも藤原定家の写本が一番「善い」写本と本当に言い切れるのか。定家には『土佐日記』の原文を書き換えて書写した「前科」がある。『土佐日記』の場合は定家の息子為家が紀貫之の筆跡に似せて模写した写本を作っていたため、定家の「改変」が発覚した。稀代の大学者だからといって油断はできない。

とするならば、「河内本」との混成本文も『源氏』享受の一端だと割り切ってしまうというのも一つの手なのかもしれない。晶子は何バージョンもの『源氏』を持っていた。『湖月抄』を非難したということは『湖月抄』も通読したはずだ。晶子は自らの文学者としての見識、感性に基づいて底本を選び、かつ作者観を胸に抱いて訳業を果したのだ。

いわば、晶子訳『源氏』は作者観から本文観まで文学者、晶子の見識によって貫かれている。それ自体が一個の文学と言える作品であることは、一読すれば誰しもが気づくところだろう。全てが曖昧模糊とした原作を近代に新しく蘇らせた、新・『源氏』とも言える。それをうまく一冊にまとめられたかはさておき、名訳として自信を持ってお勧めしたい。

今回、本書を与謝野晶子研究者である加藤孝男氏と共編で一冊にまとめることができたのは、私にとって非常に意義深い仕事だった。もし、本書が要を得た読みやすい本になっているとすれば、それは全て加藤氏のお力によるものである。私は最後まで『源氏』の世界に惑溺するばかりでカットが進まず、最終的に加藤氏に「泣いて馬謖を斬」っていただいた。感謝に堪えない。

　なお、その惑溺を相当残して解説を付している拙著『一冊で味わう与謝野晶子訳『源氏物語』』は本書の姉妹編と言うべき一冊であり、本書と併せてお読みいただければ望外の幸せである。

伊勢　光（いせ　ひかる）
1984年，宮城県仙台市に生まれる。東海学園大学准教授。著書に『『夜の寝覚』から読む物語文学史』（2020），論文に「明石入道における「山蔭」の影」（『國語と國文學』98-4 2021），「『うつほ物語』と『源氏物語』における「物の師」について」（『物語研究』20 2020）などがある。

加藤　孝男（かとう　たかお）
1960年，愛知県岡崎市に生まれる。東海学園大学教授。著書に『美意識の変容』（1993），『近代短歌史の研究』（2008），『与謝野晶子をつくった男―明治和歌革新運動史』（2020），『名場面で読む『源氏物語』（晶子訳）』（伊勢光との共著，2024）など多数。編著に『近代短歌十五講』（共著，2018）など。

一冊《いっさつ》で読《よ》む晶子源氏《あきこげんじ》　新典社選書 125

2024年11月8日　初刷発行

編著者　伊勢 光・加藤 孝男
発行者　岡元 学実

発行所　株式会社　新 典 社

〒111-0041　東京都台東区元浅草2-10-11　吉延ビル4F
ＴＥＬ　03-5246-4244　ＦＡＸ　03-5246-4245
振　替　00170-0-26932

印刷所 惠友印刷㈱　製本所 牧製本印刷㈱

ISBN 978-4-7879-6875-3 C1395
https://shintensha.co.jp/　E-Mail:info@shintensha.co.jp

新典社選書

B6判・並製本・カバー装　　＊10％税込総額表示

- (94) 文体再見　半沢幹一　二二〇〇円
- (95) 続・能のうた——能楽師が読み解く遊楽の物語——　鈴木啓吾　二九七〇円
- (96) 入門　平安文学の読み方　保科　恵　一六五〇円
- (97) 百人一首を読み直す2——言語遊戯に注目して——　吉海直人　二九一五円
- (98) 戦場を発見した作家たち——石川達三から林芙美子へ　蒲　豊彦　二五八五円
- (99) 『建礼門院右京大夫集』の発信と影響　日記文学会 中世分科会　二五三〇円
- (100) 鳳朗と一茶、その時代——近世後期俳諧と地域文化——　金田房子 玉城　司　三〇八〇円
- (101) 賀茂保憲女　紫式部の先達　天野紀代子　一二一〇円
- (102) 「宇治」豊饒の文学風土——成立と展開に迫る決定七稿——　日本文学 風土学会　一八四八円
- (103) とびらをあける中国文学——日本文化の展望台　高芝・遠藤・山崎 田中・馬場　二五三〇円
- (104) 後水尾院時代の和歌　高梨素子　二〇九〇円
- (105) 鎌倉武士の和歌——雅のシルエットと鮮烈な魂——　菊池威雄　二四二〇円
- (106) 古典文学をどう読むのか——シェイクスピアと源氏物語と——　廣田　收 勝山貴之　二〇九〇円
- (107) 東京裁判の思想課題——アジアへのまなざし　野村幸一郎　二二〇〇円
- (108) 日本の恋歌とクリスマス——短歌とJ-pop　中村佳文　一八七〇円
- (109) なぜ神楽は応仁の乱を乗り越えられたのか　中本真人　一四八五円
- (110) 女性死刑囚の物語——明治の毒婦小説と高橋お伝——　板垣俊一　一九八〇円
- (111) 古典の本文はなぜ揺らぎうるのか　武井和人　一九八〇円
- (112) 『源氏物語』の時間表現　吉海直人　三三〇〇円
- (113) 五〇人の作家たち　日本文学って、おもしろい！　岡山典弘　一九八〇円
- (114) アニメと日本文化　田口章子　二〇九〇円
- (115) 円環の文学——古典×三島由紀夫を「読む」　伊藤禎子　三七四〇円
- (116) 明治・大正の文学教育者——黒澤明らが学んだ国語教師たち——　齋藤祐一　二九七〇円
- (117) ナルシシズムの力——村上春樹からまどマギまで——　田中雅史　二三一〇円
- (118) 『源氏物語』の薫りを読む　吉海直人　三三〇〇円
- (119) 現代文化のなかの〈宮沢賢治〉　大島丈志　三三〇〇円
- (120) 言葉で繙く平安文学　保科　恵　二〇九〇円
- (121) 「源氏物語」巻首尾文論　半沢幹一　一九八〇円
- (122) 旅の歌びと　紫式部　廣田　收　二六四〇円
- (123) 旅にでる、エッセイを書く　秋山秀一　一八一五円
- (124) 源氏物語　女性たちの愛と哀　原　槙子　二八六〇円
- (125) 一冊で読む晶子源氏　伊勢　光 加藤孝男　二三一〇円